光文社文庫

文庫オリジナル／長編青春ミステリー

オレンジ色のステッキ

赤川次郎

KOBUNSHA

光　文　社

『オレンジ色のステッキ』目次

●主な登場人物のプロフィールと、これまでの歩み

第一作『若草色のポシェット』以来、登場人物たちは、一年一作の刊行ペースと同じく、一年ずつリアルタイムで年齢を重ねてきました。

杉原爽香《すぎはらさやか》……三十九歳。中学三年生の時、同級生が殺される事件に巻き込まれて以来、様々な事件に遭遇。大学を卒業した半年後、殺人事件の容疑者として追われていた明男を無実と信じてかくまうが、真犯人であることを知り自首させる。十二年前、明男と結婚。三年前、長女・**珠実**《たまみ》が誕生。仕事では、高齢者用ケアマンション〈Pハウス〉から、**田端将夫**《たばたまさお》が社長を務める〈G興産〉に移り、老人ホーム〈レインボー・ハウス〉を手掛けた。現在は、カルチャースクール再建の新プロジェクトに携《たずさ》わり、講師に**高須雄太郎**《たかすゆうたろう》を招聘《しょうへい》。

杉原明男《あきお》……旧姓・丹羽《にわ》。中学、高校、大学を通じて爽香と同級生だった。大学時代に大学教授夫人を殺《あや》めて服役。現在は〈N運送〉に勤務。十一年前に知り合った三宅舞から、今に至るまで好意を寄せられ続けている。

杉原充夫《みつお》……借金や不倫など、爽香に迷惑を掛けっぱなしの兄。三年前脳出血で倒れ、現在もリハビリ中。十年前に別れた**畑山《はたやま》ゆき子《こ》**と病院で一昨年再会。現在は家族とともに実家で、母・**真江《まさえ》**と同居。

杉原綾香《あやか》……杉原充夫、**則子《のりこ》**の長女。昨年、**森沢澄江《もりさわすみえ》**の誘いで高須雄太郎の秘書に。妹の**瞳《ひとみ》**、弟の**涼《りょう》**たち家族の生活を支えている。

浜田《はまだ》今日子《きょうこ》……爽香の同級生で親友。美人で奔放《ほんぽう》。成績優秀で医師に。三年前に妊娠。

三宅《みやけ》　舞《まい》……大学生のころスキー場で知り合った明男に思いを寄せ続けている。一度、結婚するが破局。昨年、リン・山崎と知り合う。

栗崎英子《くりさきひでこ》……往年の大スター女優。十五年前〈Ｐハウス〉に入居して爽香と知り合う。その翌年、映画界に復帰。

河村太郎《かわむらたろう》……爽香と旧知の元刑事。現在は民間の警備会社に勤務。爽香たちの中学時代の担任、**安西布子《あんざいきぬこ》**と結婚。天才ヴァイオリニストの娘・**爽子《さわこ》**と、長男・**達郎《たつろう》**の他、捜査で知り合った**早川志乃《はやかわしの》**との間に娘・**あかね**がいる。

リン・山崎《やまざき》……爽香が手掛けるカルチャースクールのパンフレットの表紙イラストを制作。爽香とは小学校時代の同級生。爽香をモデルにした裸婦画を描いた。

中川　満《なかがわみつる》……爽香に好意を寄せる殺し屋。

——杉原爽香、三十九歳の秋

1　発作

言いたくはなかったが、

「あなた、早くしないと……」

希子《のぶこ》はそう言っていた。

「分ってる！」

案の定、苛々《いらいら》した声が返って来た。

このところ、毎朝、くり返されている光景で、この後、希子は決って、

「私だって、好きでせかしてるわけじゃないわ！」

と、口の中で呟《つぶや》くのだった……。

黙って、夫のするのに任せていると、たいていはいつもの電車に乗り遅れて、

「どうしてちゃんと言わないんだ！」

と、怒鳴《どな》られるのである。

しかし、今朝《けさ》は――確かにいつも以上に夫の動きは鈍《にぶ》かった。

不機嫌《ふきげん》そのものの顔で、やっとダイニングキッチンに現われたが、

「何も食いたくない」

と、呻《うめ》くように言って、「水を一杯くれ」

ここで逆《さか》らっても仕方ない。希子はコップにミネラルウオーターを注《つ》いで渡した。

瀬沼吉弥《せぬまよしや》はその水を一気に飲むと、

「――うん、水が一番旨《うま》い」

毎朝、ちゃんとした朝食をこしらえている希子に対してはずいぶんな言いようだが、今喧《けん》嘩《か》している余裕はない。

「サラダだけでも食べてけば？」

と、むだと知りつつ一応言ってみる。

「そんな時間があるもんか。お前がもっと早く――」

と言いかけて、さすがにそこまでは言うとまずいと思ったらしく、「行ってくる」

と、鞄《かばん》をつかんだ。

「行ってらっしゃい」

希子の口調には諦《あきら》めがにじんでいる。

何を言ったってむだなんだわ。妻に言われて、「何かを改める」なんて、男の沽券《こけん》にかかわる、と思っている。

昔は、そんな古風なところが「男らしさ」に見えて、魅力を感じた希子だったが、結婚して十五年もたつと、それはただ「頑固《がんこ》な分らず屋」としか思えなくなってくる。

「――今日、遅いの？」

訊《き》いても、返事は期待していない。ただ、夫が靴《くつ》をはく間にそう訊く習慣になっているのだ。

「分らん」

返事も毎朝同じ。

希子がサンダルをはいて玄関のドアを開ける。

「行ってらっしゃい。――気を付けて」

返事の代りに、夫はひと声唸《うな》る。

ひんやりとした外気で、夫は身震《みぶる》いした。

まだ十月になったばかりだというのに、郊外のこの辺りでは肌寒い朝である。

ともかく、今朝も無事、夫を送り出して、希子の第一の仕事は終った……。

――バス停に向って歩いている瀬沼吉弥は、いつも起きてしばらく軽い貧血のような気分であった。時には本当にめまいがして、足を止めることもある。

妻の希子には、

「人間ドック、受けたら？」

と言われ続けているが、

「自分の体のことぐらい分ってる」

と、はねつけていた。

しかし――実際は、瀬沼の方がずっと心配性なのだ。人間ドックを受けないのは、きっと色々悪い所が見付かるに違いない、と思って恐ろしいからだった。

腕時計を見る。――バスには充分間に合う。都心の勤め先まで、今日も長い旅の始まりである。

バスは無理としても、電車でうまく座れたら、ずいぶん楽なのだが……。しかし、そんな確率は十パーセントもない。

それでも、瀬沼の今朝を支えているのは、部長から、

「明日の朝にはちゃんと仕上げとけよ！」

と、口やかましく言われた資料を、ゆうべ家へ持ち帰って、夜中までかかって仕上げたことだった。

瀬沼はつい鞄の中をもう一度あらためた。――大丈夫。入れ忘れてはいない。

朝、出勤したら一番に、この資料を部長の前に置いてやる。いや、どうせなら、「おい、あの資料はどうなってる！」と言われてから出してやろうか……。

こんなことぐらいにしか、人生の楽しみを見付けられない自分が、情《なさけ》なくなることもあ

る。しかし一方で、四十代も半ばになれば、人生とはこんなささいな、つまらないことの積み重ねでできている――。そう悟《さと》るようになるのだ。

だが、いつもと違うことが、バス停までもう少し、という所で起った。上着の内ポケットでケータイが鳴ったのである。

こんな朝早くに、何だ？

取り出して、瀬沼は眉《まゆ》を寄せた。部長からである。

「もしもし、瀬沼です」

と、足を止めて出る。

「ああ、まだ家か？」

と、部長の横柄《おうへい》な声が聞こえて来た。

「今、出たところですが、何か……？」

「そうか。今日、午後から〈G興産〉と打合せがあるんだ。秘書に訊けば分る」

「はあ」

「それに出てくれ。俺の代理ということで」

「代理、ですか。部長は――」

「俺はな、今日ゴルフなんだ。〈N鉄道〉の専務に誘われてたのを、すっかり忘れててな」

と、部長は笑いを含んだ声で、「ゆうべメールが来て思い出した。おかげで、とんだ早起きさ」

瀬沼は呆然《ぼうぜん》として突っ立っていた。

「ですが、部長——。昨日おっしゃっていた資料は……」

「うん？　何だったかな」

と、部長は考えている様子だったが、「ああ、あれは来週の頭まででいい」

「しかし、今朝までに必ずと……」

「できたのか？　それなら俺の机の上に置いとけ。〈G興産〉の件、頼むぞ」

それだけ言うと、部長は切ってしまった。

ケータイを持つ手が震えた。

「何だと？　——畜生《ちくしよう》！」

つい、口にして言っていた。

目が回りそうだった。自分がちゃんと立っているのかどうか、分らなかった。

バスが、瀬沼を追い越して行く。走らなくちゃ。間に合わないぞ。

——間に合う？　間に合ったからといって、何だというんだ？

眠る時間を削って、あの資料のために必死で仕事したこと。——それが、

「ゴルフだから、来週でいい」

だと？

怒りが発作のように瀬沼の体を貫いて駆け抜けた。

バスは、待っていた数人の客を乗せて、走り去った。——行け。そうだ。行け。

俺は何なのだ？　道化《どうけ》か？

バス停の少し手前で足を止めたまま、瀬沼は動かなかった。すると——。

足早に、スーツ姿の女性が一人、瀬沼を追い越して行った。

そして、数歩先で足を止めた。ケータイが鳴ったのである。

女はケータイをバッグから急いで取り出した。

「——もしもし。——あ、おはようございます。無事、仕上りました！」

背中を見ているだけだが、女の若々しい声ははっきり耳に入った。

「——え？　今なんておっしゃったんですか？」

ややあって、「——キャンセルって……。企画段階ならともかく、ここまで進めておいて。——いえ、そういうわけじゃありませんが」

女の声のトーンがガラリと変った。

「そんな……。このために、二か月以上も費やして——」

女の声が震えた。「——ええ、それは分ってます。でも、何か納得できる理由を教えていただけないと、私としては……」

女の声は勢いを失って、

「分りました……。では、すべて白紙ということで」

と、段々小さくなった。

瀬沼は、じっとその女の声に聞き入っていた。

「いえ……。また、よろしくお願いします。――いいえ、とんでもない。では……」

話は終ったようだ。

女は、瀬沼のように、道の真中《まんなか》にじっと立ち尽くしていた。ケータイを持ったまま、バッグにしまう元気もないようだ。

女の後ろ姿は、たった一、二分の間に十歳も老け込んだように見えた。

次のバスに乗る客が数人、瀬沼とその女を追い越して行った。

道の真中に、同じ方を向いて、何メートルか離れて立っている二人、というのは奇妙な光景だったかもしれない。追い越して行くサラリーマンが、ちょっといぶかしげに二人を振り返って見た。

女はそんなことにも全く気付かない様子で、肩を落とし、バス停に向って、二、三歩進んだが、そこで足を止めた。

そうか。――そうなんだ。

瀬沼は女へと歩み寄ると、

「乗ることはないよ」

と言った。

女が振り向いた。びっくりしたように、目を見開いている。

少し疲れた印象はあるが、三十そこそこだろう。

「――バスに乗っても、仕方ないんだろ」

と、瀬沼は言った。「行く所がない。それとも、行っても仕事がない、か」

女はじっと瀬沼を見つめて、

「どうしてそれが分るんですか？」

と訊いた。

「今、ケータイで話してるのを聞いてた」

「でも……」

「僕も同じなんだ」

「え？」

「会社へ行っても、上司はいない。ゆうべ、ほとんど徹夜で仕上げた資料を渡す相手はゴルフに行っちまった」

「そうですか……」

そのとき、道の反対側のバス停にバスが入るのが見えた。

「空《す》いてるなあ」

と、瀬沼はため息をついて、

「こっちとは大違いだ」

「そうですね」

二人は顔を見合せた。

「——行こうか」

「ええ」

二人は駆け出して、道の向い側へ渡った。

閉りかけたバスの扉を手で叩《たた》いた。

扉が開き、二人はバスに乗った。

「やあ、空いてるな」

と、瀬沼はバスの中を見回して、「ともかく座りましょう」

「ええ」

並んで腰をおろすと、

「僕は瀬沼、瀬沼吉弥です」

女性の方は少し戸惑《とまど》いを見せながら、

「石谷由衣《いしたにゆい》といいます」

と、小さく会釈《えしゃく》した。

二人は手を止めた。――瀬沼は上着の内ポケットへ、石谷由衣はバッグの中へ、手を入れていたのだ。

「名刺ですね」

と、瀬沼は言った。

「ええ。つい無意識に……。でも、いりませんね」

「そうですよ。名前さえ分ってりゃいい。どんな仕事をしてようと、知り合いになるのに関係ない」

「本当ですね」

石谷由衣は、ホッとしたように笑って、「このバス、どこに行くんでしょう?」

「さあ……。〈何とか公園前〉と書いてありましたね」

「どの辺でしょう?」

「さあ……。こっちの方へは来たことがないので」

「どこまで行きます?」

「そうだな……。どこまで行きたいですか?」

「どこでも」

と、由衣は言って、「今日は一日、あてもなくブラブラしませんか」

「いいですね! ――失礼ですが、いくつです?」

「年齢？　三十四です。老けてるでしょ」

「そんなことない！　僕は十歳上の四十四です」

「そう……。お若いですよ」

「お世辞《せじ》はやめましょう、お互いに。――四十四にふさわしい姿ですよ」

と、瀬沼は言った。

由衣は窓の外へ目をやっていたが、

「――次で降りましょう」

「どうして？」

「別に。ただ、停留所の名前があんまり平凡で」

そのとき、バスの中に、

「次は〈十字路前〉です」

というアナウンスが流れて、

「なるほど」

と、瀬沼は笑った。「よろしい！　降りましょう」

二人はバスを降りると、ごく当り前のように手をつないでいた……。

2 友情

「もう三十分も過ぎてますよ」

と、ふくれっつらで、久保坂《くぼさか》あやめが言った。「何の連絡もないなんて、失礼です!」

「そうね」杉原爽香《すぎはらさやか》は腕時計へ目をやって、「〈B工業〉へ電話してみましょうか」

ホテルのラウンジで、打合せの相手を待っていた爽香は、「ここじゃかけられないわね。ここにいて」

と、あやめに言って、席を立った。

ロビーへ出ると、爽香はケータイで〈B工業〉へ電話を入れた。

「――はい、〈G興産〉の杉原と申します。――部長さんから、代りの方がおみえになると伝言していただきましたが、まだおいでにならないので……」

向うの女性も戸惑っている様子で、

「瀬沼が伺《うかが》うはずですが、まだ行っておりませんか。申し訳ありません。すぐに連絡を取ってみます」

「よろしくお願いします」

——やれやれ。

忙しい中での約束だ。三十分以上も待たされて、あやめが怒っているのも分る。

しかし、相手も人間だ。途中で何か事故に遭《あ》ったり、具合が悪くなることもあるだろう……。

もう少し待って現われなければ、社へ戻ろう。

爽香がラウンジの方へ戻ろうとしたとき、

「爽香!」

と呼ばれて、

「——今日子《きようこ》!」

旧友の浜田《はまだ》今日子がニコニコと笑いながら立っていた。

「相変らず忙しそうだね」

と、今日子は言った。

「まあね。——音沙汰《おとさた》なくて、どうしてたのよ?」

「ごめん。こっちも忙しかったの。小さな病院だから、何から何まで医者がやらなきゃいけなくってさ」

しかし、今日子は活《い》き活《い》きとしていた。

「でも、元気そうだね、今日子」

「寝込んでる暇《ひま》なんかない」

「そうか」

今日子はシングルマザーの道を選んでいる。

「もう――二歳になった?」

「うん。この春にね」

「女の子だったよね? 名前、聞いてなかったよ」

「ごめん! あの子の父親の外科医から、結構しつこくメールとか来てさ。アドレス変えちゃったんだ。それを連絡するのが、つい面倒で」

「何て名前つけたの?」

と、爽香が訊くと、今日子は微笑《ほほえ》んで、

「さやか」

「――嘘《うそ》でしょ」

「まあね。でも、本当につけようかと思ってたんだよ。叱るとき、楽しいじゃない。『こら、さやか!』とか、『さやか、だめでしょ!』とか」

「馬鹿言わないで。それで本当は?」

「あすか」

「あすか？」

「私が『今日子』だから、『明日』と『香る』で、明日香。『香』だけもらった」

爽香は笑ってしまった。

「今日子らしいね！　このホテルに用事？」

「うん。ここの宴会場で、医療機器の展示会やってるの。それを見に」

「そう。――でも、安心した。元気そうなんで」

「今日は時間ないけど、今度ゆっくり会おうよ。色々話もあるし」

「そうだね」

ともかく、ケータイの番号とアドレスを交換して、別れようとしたが、

「――爽香」

と、今日子が呼び止めた。

「うん？」

「何だか元気ないね。疲れてる？」

「そんなことないよ。元気にしてるけど」

「そう？　病気してるとか、そういうことじゃないけど、何となく、いつもあんたの発してる元気のオーラみたいなもんが感じられなくて」

「それって、ただ年齢《とし》だってことよ」

「そうかな。──じゃ、またね」

「連絡する」

爽香は手を振って、ラウンジへと戻って行った。

「──チーフ、どうでした?」

久保坂あやめが訊く。

「うん。向うもびっくりしてた」

「無責任ですよね」

「何か連絡して来ると思うから、もう少し待ってましょ」

爽香はコーヒーのおかわりを頼んだ。


買物に行こう。

希子が車のキーを手に、玄関へ出て行こうとしたとき、電話の鳴るのが聞こえた。

居間の電話だ。ケータイでなく、家の電話にかかって来るのは珍しい。

間違いかいたずらか……。放っておいて出かけてしまおうかと思ったが、もしかすると息子の卓也《たくや》の小学校からかもしれない、と思って、出てみることにした。

卓也は今十歳。むろんこの近くの公立小へ通っている。

「はい」

と出ると、

「瀬沼様でいらっしゃいますか」

「そうですが」

「〈B工業〉の者です」

「あ、いつも主人がお世話に――」

と言いかけると、

「ご主人はいらっしゃいますか」

と訊かれて面食らった。

「主人ですか。あの――朝、いつも通りに家を出ましたが」

「そうですか。特に何か連絡はありませんでしたか」

「主人が――出社していないんですか？」

「ええ。仕事の打合せで、取引先の方をお待たせしているんですけど、もう三十分以上遅れていて……」

「そんなことが……。こちらには何も言って来ていません。ケータイには――」

「こちらからも何度かかけているのですけど、つながりません」

「ご迷惑かけて……。主人に何かあったんでしょうか」

希子にはそれ以外考えられなかった。

「事故に遭われたとか、そんなことも心配しています」

優しい感じの女性の声だった。

「あの――私からもどう連絡していいか……」

「分ります。とりあえず仕事の方はこちらで何とか考えます。もし、何か事情が分りましたら、ご連絡下さい」

「はい。あの――どなたへご連絡すれば？」

「失礼しました。ご主人の下で働いている高品《たかしな》と申します」

希子は、ケータイ番号を聞いてメモした。

電話を切ると、希子はやっとショックを感じ始めた。――あの人が仕事の約束を忘れるはずがない。

そうだわ。車にはねられたか、具合が悪くなって倒れたか……。

ともかく、無事なわけがない。

希子は、しばらくソファに座ったまま、動けなかった。今、夫に倒れられたらどうしよう。

希子は以前はＯＬだったが、結婚で退職してからはパートにも出ていない。卓也はまだ十歳だ。

「どうしよう……」

すっかり夫を「重体」にしてしまっている希子だった。

ジェットコースターがやっと減速し、瀬沼はホッと息をついた。

「いや、凄《すご》いもんだね！」

と笑って、「子供たちが、よくこんな物に喜んで乗るね」

「たまには楽しいでしょ？」

と、隣に乗った石谷由衣が言った。「さ、到着」

「ああ、やれやれ」

体を押えていたバーが上り、瀬沼と由衣はジェットコースターを降りた。

「出口はあちらです」

つい、入って来た方へ行こうとして、瀬沼は係員に声をかけられた。

「や、こりゃ失礼」

「瀬沼さん！　こっちよ」

と、由衣が手招きしている。

二人は、バスや私鉄を乗り継ぐ内、この遊園地へやって来た。そして、本当に何年ぶりか、ここのアトラクションを次々に「征服」していたのである。

「平日は空いてていいね」

「ええ。私、空いてると、ジェットコースターに続けて三回乗るのよ」

「三回も？　信じられない」

と、瀬沼は首を振って、「おっと……」

「どうしたの？」

階段を下りようとしていた瀬沼はめまいがして、危《あや》うく転《ころが》り落ちそうになった。何とか手すりにつかまって持ちこたえたが、

「いや……。大丈夫。ちょっとフラッとしただけだ」

「まあ……。ごめんなさい。ジェットコースターなんかに乗らなきゃ良かったわね」

「大したことないんだ。最近よくやるんだよ。寝不足のせいだろう」

「歩ける？　私の肩につかまって」

「うん……。少しどこかで座ろう」

「ええ。そこにハンバーガーショップがあるわ」

と、由衣は言った。

瀬沼は、由衣の肩を抱くようにして歩き出したが、すぐに立ち止《どま》ると、

「歩けない……。すまん。目が回って……」

「しっかりして！　ねえ、どうしたの？」

瀬沼は、必死で支えようとする由衣の腕からズルズルと滑《すべ》り落ちて、そのままコンクリー

トの上に倒れてしまった。

由衣は、

「誰か！　すみません！　係の人、いませんか！」

と叫びながら、瀬沼の傍《かたわら》に膝《ひざ》をついて、その手を固く握りしめた。

「お願い！　誰か呼んで来て！」


「もう引き上げましょ」

と、爽香は言って腰を上げた。

「ひどいですよね。本当に！」

久保坂あやめはカッカしている。「ひと言も連絡して来ないなんて！」

「でも、ここでのんびりできたわ」

と、爽香は微笑んだ。

二人がラウンジを出ようと、レジの方へ行きかけたとき、まるで百メートル競走にでも出ているかのような勢いで駆けて来た女性がいた。

「すみません！」

と、喘《あえ》ぐように、「杉原さんという……」

「ああ、さっきの電話の方ですね」

と、爽香が言った。「杉原です」

「申し訳ありません！　お目にかかってお詫びをと思って……」

「そんなに走らなくても。じゃ、一旦《いったん》席に戻りましょう」

「――高品と申します。瀬沼とどうしても連絡が取れませんので……」

と、汗を拭《ふ》きながら、「こんなこと、今まで一度もありませんでした」

「年中あったら大変でしょ」

と、あやめが聞こえよがしに言った。

「高品沙苗《さなえ》さんですね」

爽香は名刺を手に言った。「でも、ご心配ですね」

「はあ、瀬沼は仕事人間で、このところ過労気味でした。周囲も心配していたのですが……」

「それで、打合せは代りにあなたが？」

と、あやめが訊く。

「いえ……。本来伺うはずでした部長と瀬沼の二人がこんなことで、他の者は打合せの内容も知らされていませんので」

と、うつむき加減になり、「申し訳ありません」

爽香は、何か言い出しかけたあやめを手で制して、

「じゃ、連絡が取れ次第、次の機会をセッティングして下さい」

と言った。「わざわざご苦労さま」

「本当にご迷惑をおかけして――」

と、高品沙苗が言いかけたとき、ケータイが鳴った。「――あ！　瀬沼からです。――もしもし！」

勢い込んで出たものの、当惑して、

「――どなたですか？　――え？　瀬沼が倒れた？」

青ざめる高品沙苗を見て、爽香は、この女性が瀬沼という男を愛しているのではないかと思った……。

3　傑作

「静かな店ね」

と、爽香は言った。

「うん。いいだろ？　よく来るんだ」

と、リン・山崎《やまざき》はシャンパンのグラスを手にして、「じゃ、ともかく――乾杯」

「乾杯」

爽香も、初めのシャンパンだけは飲むことにして、軽くグラスを触れ合せた。

確かにおいしいシャンパンだ。――自分ではお酒を飲まない爽香だが、これくらいの味は分る。

「いつもすみません」

と、爽香はちょっと頭を下げた。

「こんな高い店でごちそうになって……」

「いつもそれだね」

と、山崎は苦笑して、「僕の方が頼んで付合ってもらってるんだ。君が遠慮することはないよ」

「そうはいかないわ」

と、爽香は言った。「それに——乾杯するようなことがないのよね」

「何だ、君らしくないな。疲れてる？」

「まあね」

「ご主人は元気なんだろ？」

「ええ。これから忙しくなるみたい。一年中そう言ってるけど」

爽香はちょっと息をついて、「あなた、個展の準備は進んでるの？」

「よく憶《おぼ》えててくれたね」

爽香は微笑んで、

「それぐらい憶えてなきゃ。いつもおごってもらって、申し訳ないじゃないの」

山崎は笑って、

「やっと君らしい顔が見られたね。——今、一点描いてるのを仕上げたら、大体作品が揃《そろ》う」

「どんな絵？」

「家族だ。そう、君のとこのパンフレットに使ったのと似た系統かな」

「見せてもらうのが楽しみだわ」

オードヴルが来た。

「さあ、食べよう。——こんな一口二口でなくなるような量だと、却《かえ》って空腹を刺激されるな」

絵だけでなく、彫刻もこなす山崎は、一種「肉体労働者」である。爽香が呆《あき》れるほど、よく食べる。

このところ、山崎の画風は大きく幅を広げて、一般的な人気だけでなく、美術界でも高い評価を得つつあった。——いや、爽香のような門外漢には、噂《うわさ》として聞くばかりだったのだが。

「あの〈S文化マスタークラス〉は、ずいぶん教室も増えたようだね」

と、食事しながら山崎は言った。

「おかげさまで。ポスターやチラシのあなたの絵のイメージが、すっかり定着したのよ。使用料、上げなくてごめんなさい」

「先回りするなよ。あれは僕が納得した金額なんだから」

「ありがとう」

「ずっと係《かかわ》って行くの?」

「さあ……。この秋の募集の結果でね、いい数字が出たら、もう〈G興産〉の力は必要ないかも」

「じゃ、君の仕事は？」

「何か他の仕事へ回されるでしょ。勤め人は辛《つら》いのよ。自由業の人が羨《うらや》ましい」

「本当に『自由』な自由業の人間なんて、いやしないよ」

と、山崎は言った。

「――そういえば、この間ちょっとTVつけたら、ドラマのタイトルバックにあなたの絵が使われてた」

「ああ、姉弟《きょうだい》が愛し合う話ね。新しく描いてくれって言われたけど、十枚もだって言うから、冗談じゃないって断ったんだ。そしたら昔の絵を捜《さが》し出して来て……」

――二人とも、よく分っている。

当りさわりのない話題を選んで話していることが。

お互い、本当に切実な思いを口にしたら、二度と会えなくなってしまうだろうということを、よく知っていた。

メインの鴨《かも》を食べていると、

「やあ、山崎君」

と、白髪《はくはつ》の初老の男が、席へ案内される途中、足を止めた。

「あ、どうも……」

山崎がちょっと腰を浮かす。

「来週はよろしくね」

「こちらこそ」

「邪魔して失礼」

ツイードの上着。年齢にはいささか派手な赤のシャツ。――見るからに「芸術家」というイメージのままなのに、爽香は感心していた。

娘のよう――というより、孫のような若い、スラリと脚の長い娘を連れて、奥の予約席へと案内されて行く。

「遠藤弘太郎《えんどうこうたろう》さんだ」

と、山崎が小声で言った。「画壇の実力者だよ」

「名前ぐらいは知ってるわ」

と、爽香は肯《うなず》いた。「『画伯』って感じね」

「来週、新人の選考会で一緒なんだ」

「審査員?」

「一応ね。でも、あの遠藤さんみたいな長老が三人いて、事実上その意向で決るんだよ」

自分の知らない世界の「内幕話」は面白《おもしろ》い。爽香も、食事しながら、山崎の話に耳を傾けた。

「ちょっと失礼します」

デザートの前に、爽香は席を立って化粧室へ行った。

――山崎はグラスに残っていた赤ワインを飲み干した。

「山崎君」

いつの間にか、遠藤画伯がそばへ来ていた。「今の連れの女性――」

「古い知り合いです」

と、山崎は言った。

「うん。あれだろ？　例の絵のモデルだね」

「あ……。はあ……」

「一目で分ったよ。非凡な平凡さというか、どこにもいそうで、いないという女性だね」

と、遠藤は言って笑みを浮かべた。

「仕事のプロですよ」

「うん、そういう雰囲気がある。――ああいう、一見女っぽくない女の方が味があるだろう」

山崎は、ちょっと当惑して遠藤を見上げていたが、

「――彼女にはご主人も娘もいますよ」

と言った。

「だから何だね？　君らを見ていれば分るよ。私の目を節穴だとでも？」

「いえ……」

「僕の連れのあの子、どうだい？　話はまるで合わないが、肌の張りはやっぱり違うよ」

と、遠藤は小声で言って、自分のテーブルで退屈そうにしている若い女性に目をやった。

「お元気ですね」

「しかし、この年齢《とし》になると、体力はあっても潤滑油が切れる。ああいう若い子で補充せんとね」

「彼女、いくつなんですか？」

「十九歳だ。いい体だろ？」

自慢げに言って、遠藤は自分のテーブルへ戻って行った。山崎はグラスを手に取って、空だったことに気付いた。


化粧室には、他に誰もいなかった。

爽香は洗面台の鏡を見ながら、軽く口紅を直した。めったに化粧などしないので、慣れない。

腕時計を見る。デザートが来たら、すぐコーヒーを出してもらおう。少し遅くなると、電車の本数が減るので、どんどん帰宅が遅れてしまう。

だ。

珠実《たまみ》も三歳になった。もう赤ちゃんというわけではない。親の帰りが遅ければ寂しがるのだ。

爽香は、鏡の中の自分と、じっと目を合わせた。

山崎と、時々こうして食事をする。それ以上のことはないが、爽香の中には、どうしてもある後ろめたさがつきまとった。

明男《あきお》に隠してはいない。ちゃんと、「山崎さんと食事して来る」と言ってあるが、帰ってから明男と山崎の話をすることはなかった。

黙っているのは不自然かもしれないが、といって、わざわざ訊かれもしないのにあれこれしゃべるのは、却っておかしい気もする。

「物好きだね、山崎君も」

と、爽香は鏡の中の自分へ語りかける。「こんなパッとしない女のどこがいいんだ?」

長い時間をかけて完成した、自分がモデルになった裸体画を初めて見たとき、爽香はショックを受けた。

そこにいるのは、抽象化された「女」ではなく、紛れもなく爽香自身だった。恥ずかしくて、長く見ていられなかった。

そのときはっきりと、爽香は山崎の自分への思いを知ったのである。

「お願い。この絵を出さないで」

と、爽香は山崎に懇願した。「私には絵のことなんて分らないけど、でもこの絵を主人に見せたくないの」

山崎は、そのときしばらくじっと爽香を見つめてからニヤリと笑い、

「それは最高の賞《ほ》め言葉だね」

と言った……。

「ま、その内にね……」

と、爽香は呟いて、口紅をバッグにしまった。

もうすぐ四十になる爽香である。山崎も、いずれもっと若くて魅力的な女性に心を移すだろう。

そう。——今の私はそれどころじゃない。恋なんかしてはいられないんだ。

兄の充夫《みつお》は退院して来て、実家にいる。妻の則子《のりこ》も一緒なので、一応一家が揃ってはいるのだが、働いているのは綾香《あやか》一人。充夫は定期的にリハビリにも通わなければならないので、経済的には苦しい。

母の真江《まさえ》は、急に同居する人数がふえて、忙しくしているが、今のところは却って元気である。

充夫と則子も、一緒に暮してはいるものの、円満とは程遠い。充夫が入院中、ずっと面倒を見てくれていた畑山《はたやま》ゆき子のことが、やはり夫婦の間にわだかまっていた。

いや、他人事《ひとごと》ではない。

爽香と明男も、このところあまり話さない。——といって、喧嘩しているわけではないのだが、爽香が山崎とこうして会っているように、明男も、離婚した三宅舞《みやけまい》と——。

「やめて、やめて!」

爽香は頭を振った。そんなこと、考えてどうなるものではない。

そう、何とかなる。ともかく、目の前の仕事を精一杯こなして行けば……。

爽香は大きく息をついて、化粧室を出た。

「おっと」

ぶつかりそうになって、足を止め……。

「あ……」

「何だ、お前か」

中川《なかがわ》はニヤリと笑った。「相変わらず、悩み多い人生です、って顔してるな」

「放っといて下さい」

と、爽香は言った。「いつぞやは、ドーナツをどうも」

「今夜は例の画家と一緒か」

中川満《みつる》は「殺し屋」である。組織のために、邪魔者を「消す」。

爽香とはふしぎな縁があった。

「中川さん。まさか、今日私のこと尾行して来たんじゃないですよね」

「それほど暇じゃない」

「ならいいですけど……」

「みんな元気か」

「知ってるんでしょ」

「大方はな」

どういうわけか、中川は爽香の一家や知人の消息に詳しい。時には爽香以上に知っているのだった。

「大変だろ、金のことは」

「生活のことまで心配していただかなくても……」

「ま、困ったら相談に乗るぜ。お前なら優秀な殺し屋になれる」

「冗談でも、やめて下さい。お一人ですか？」

「俺だって、ガールフレンドくらいいる」

「失礼しました」

爽香は会釈して、席へと戻って行った。

「帰っちゃったのかと思ったよ」

と、山崎が言った。

「そんなにかかった？　いつもこんなお洒落《しゃれ》しないもんだから」

「デザートを待ってもらってる」

「ごめんなさい！」

甘味を抑えた、上品なデザートを食べていると、ウエイターがやって来て、

「ご伝言が」

と、爽香にメモを渡した。

開いてみると、中川からで、

〈例の絵は完成したんだろ？　その画家さんに、いくらなら売るか訊いてみてくれ。中川〉

誰が！　――爽香はメモをギュッと握りつぶした。

斜め後ろをチラッと見ると、中川が、せいぜい二十歳《はたち》ぐらいかと思える可愛い女の子と一緒にテーブルについている。そして、爽香と目が合うと、ちょっと手を上げて見せた。

爽香は無視して、

「コーヒーを下さい」

と、ウエイターに言った。

4　憎　悪

「瀬沼と申しますが……」

希子は、ナースステーションで、おずおずと言った。

看護師が答える前に、

「奥様ですか？」

と、声をかけられ、

「あの……」

「お電話を差し上げた高品です」

「あ、どうも」

——病院へ希子がやって来たのは、もう夜遅くなってからだった。

夫の部下だという高品沙苗から連絡があって、

「ご主人が倒れて病院へ運ばれました」

と聞いて、あわてた。

しかし、ちょうど卓也が学校から帰るころでもあり、すぐには家を空けられない。そこへ、もう一度高品沙苗から連絡があって、

「ご主人は意識が戻りました。当面は心配ないそうです」

と言われて、胸をなで下ろしたのだ。

夫は、一晩入院して様子を見るということになったので、希子は卓也を寝かせてから病院へやって来たのである。

「すみません、遅くなって」

と、恐縮すると、

「いいえ。私はどうせ一人暮しなので」

と、高品沙苗は言った。「今、ご主人は眠っておられます。担当の先生は帰られてしまったので、明日にでも詳しい話を」

「分りました」

希子は安堵《あんど》しながらも、「主人はどこで倒れたんでしょう?」

「遊園地だそうです」

「遊園地? ——どうしてそんな所に」

「さあ、それは私にも分りかねます」

「あ、そうですよね。すみません」

「私、これで失礼します」

「そうですか。あの――改めてお礼に」

「いいえ、お気づかいなく。部下として当然のことですから」

高品沙苗は微笑んで、「瀬沼さん、お疲れがたまっておられたんだと思います。大したことなくて良かったですわ」

「ご心配かけて」

「いいえ。――病室はその向いです」

高品沙苗は、希子が病室へ入って行くのを見てから、エレベーターの方へ歩いて行った。

「――ありがとうございました」

立っていたのは、石谷由衣だった。

「今、奥様が病室に入っておられるわ」

「はい。私もこれで……」

二人でエレベーターに乗る。

「――石谷さん」

「はい」

「あなたのことは、奥様には言っていません」

「はい」

「本当に、あなたの話の通り、瀬沼さんと今日初めて会ったんだったら、もうこれきり、会わないで下さい」

「分っています」

と、石谷由衣は言った。「お話しした通り、たまたま二人ともショックを受けていて……」

「知ってます。部長は勝手な人なので」

エレベーターが一階に着いた。

「夜間は向うから出るのね」

沙苗は矢印を見て、「あなたにも、勝手な上司が？」

「いえ……。私の場合はひどいクライアントで」

「依頼主ってこと？」

「ええ。二か月も下調べや素案作りに費やしたのに、突然『他へ頼むから』と言って来て……。お金も使ったのに」

「何か理由が？」

「よそのプランと比較して、うちが劣っているから、というなら仕方ありませんけど、そうじゃないんです。クライアントの女社長が、若いホストに入れあげていて、そのホストの兄弟が私の同業者なんです」

「あらまあ。――それは腹も立つわね」

「事情は知っていたので、私、事前にその社長に念を押しました。『本当に私の所でいいんですか』って。社長は、『私はビジネスに私情を持ち込んだりしないわよ』と言い切って」

「ところが、ってわけね」

「でも、先の仕事を考えると、そこと正面切って喧嘩するわけにもいかないんです」

高品沙苗と石谷由衣は、病院を出た。

「——瀬沼さん、大したことなくて良かったです」

と、由衣は言った。「ではこれで」

「それじゃ」

軽く会釈して、高品沙苗は足早に行ってしまった。

由衣は、どうやって帰ったものか、少しの間立ちすくんでいた。——こんな時間では、バスと電車を乗り継いで帰ろうとすれば、ずいぶんかかるだろう。といって、タクシーで帰ったらお金がかかる。

「仕方ないわ……。駅まで歩こう」

と呟くと、「でも——どこが駅?」

救急車に乗って来たので、駅が近いかどうか分らない。あの高品という人に訊けば良かった。

最寄り駅を訊こうにも、開いている店がない。大体、ここがどの辺なのかよく分っていないのである。

どこかにコンビニくらいないかしら……。

歩きかけたとき、ケータイが鳴り出した。

「え？　——誰？」

見憶えのない番号だった。「もしもし」

「由衣、俺だ」

一瞬、言葉が出なかった。切ってしまおうかと思ったが、それもできない。

「——もしもし？　由衣、聞こえてるか」

「聞こえるわよ」

と、由衣は言った。「お父さん、何の用？」

「相談したいことができてな。こっちへ寄れないか？」

「私がどうして？」

「由加《ゆか》のことだ」

「由加がどうしたの？」

「結婚すると言い出してな」

「そう……。いいじゃないの。もう二十六でしょ。子供じゃないんだから」

「それが色々厄介《やっかい》なことになってる。妹のことは心配だろ」

そう言われると、由衣もむげに拒《こば》めなかった。

「じゃ、今から行っていいの？」

「ああ、待ってる。今どこだ？」

「外出先なの」

「じゃ、タクシーで来い。タクシー代は出すから」

いかにも父らしい言い方に、由衣は苦笑した。

「あ、ちょうど空車が来たわ。じゃ、払ってね」

と言いながら、由衣は手を上げてタクシーを停《と》めた。


領収書をもらって、由衣はタクシーを降りた。

立派な門構えが、人を締め出すように立ちはだかっている。〈中河原《なかがわら》〉の表札。

由衣はインタホンのボタンを押した。

「お姉さん！　お帰り！」

妹の弾んだ声が聞こえて来て、門が静かに開く。由衣は門の中へ入った。

懐《なつか》しくないわけではない。しかし——。

もう、ここは私の家じゃない。私はこの家を捨てたんだから……。

玄関から妹の由加が出て来た。

「お姉さん！」

と、手を振っている。

「いくら何でも、門からここまでで迷子にならないわよ」

と、由衣は言って、妹の手を握ると、「元気にしてる？」

「うん」

八歳年下の由加は、由衣のことを母親のように慕っている。

「変らないわね」

と、玄関から上って由衣は言った。

「お姉さんの部屋もそのままよ」

「もう必要ないわ。由加、好きに使えばいいのに」

と言いながら居間に入る。

「早かったな」

ソファで、父、中河原均《ひとし》が言った。

由衣は父の前に進んで行くと、

「これ」

と、タクシーの領収証を差し出した。

「分った。後で払う」

「忘れない内にちょうだい」

「ああ、いいよ」

父親は立ち上って、「由加。姉さんに何か出してやれ」

「うん。──お姉さん、ハーブティー？」

「普通の紅茶でいいわ」

居間を出て行く父を見送って、「由加、結婚するって？」

「する……つもり」

「歯切れ悪いね」

「色々あって」

由加は今二十六歳。おっとりした性格だ。

「──色々って？」

「うん……。まだ離婚してくれてないの」

由衣はちょっと面食らって、

「奥さんのいる人？　どうしてまた……」

「好きになっちゃったんだもの。お姉さんだって分るでしょ」

「私は──」

と言いかけて、由衣はやめた。

「どうぞ」

由加がいれてくれた紅茶を、由衣はゆっくりと飲んだ。チラッとドアの方へ目をやってから、

「お父さん、最近、どう？」

「変らないよ」

「でも、誰かいるんでしょ」

「女の人ってこと？　私はよく知らない」

「そうか、由加は自分のことで手一杯ね」

父が戻って来た。

「さあ、これでいいな」

と、一万円札を二枚渡す。

「もらい過ぎよ」

「帰りの分のタクシー代もだ。それで足りるだろう」

「じゃあ、いただいとくわ」

と、お金を財布にしまうと、「それで、話って？」

「まあ落ちつけ」

と、中河原は苦笑して、「お前の方はどうなんだ。仕事は順調か」

「何とかやってるわ」

「それなら結構だ」

中河原は由加の方へ、「話したのか」

と訊いた。

「まだ、ほとんど」

「そうか。――まあ、相手の男次第で、俺だって反対はしない」

そのとき、中河原のポケットでケータイが鳴った。中河原は舌打ちして、

「もしもし。――ああ、俺だ」

と立ち上ると、話しながら居間を出て行った。

由衣はちょっと首をかしげた。娘たちに遠慮して、居間を出て行くのは、父らしくない。

「誰かしら」

と、由衣が言うと、

「さあ……。こんな時間にかけて来るのは、ろくでもない電話よ。たいてい」

「知ってる相手？」

「知らない人が多いわ。あ、もしかしたら、〈P〉ってホストクラブかも」

由衣の、カップを持つ手が止った。

「――ホストクラブ？」

「何だか、ここんとこよく寄るらしいの。どうしてか知らないけど」

そのホストクラブは、仕事をキャンセルされた相手と係っている所である。

「──そうなのね」

突然、由衣には分った。

「何が？」

「いいえ、何でもない」

そうだったのか。──突然のキャンセルは、裏で父が手を回してのことだった。

「仕事は順調か」

とは、何と白々しい！

「──由加」

と、由衣は言った。「あんたが本当にその人を好きなら、反対はしないけど、でも賛成もしない」

「お姉さん──」

「よく考えて。相手が捨てる家族のことも」

「うん……。分ってる」

いつも明るい妹が、深刻な表情で肯くのを見て、由衣の胸が痛んだ。

「──すまん」

父が戻って来た。

「忙しいのね、相変らず」

と、笑顔を見せるほどの余裕が、由衣にはあったのである。

5　袋小路

「もしもし。——おばあちゃん？　綾香《あやか》だけど」

周囲が騒がしいので、大きな声を出さなくてはならなかった。「もう帰れるの？」

と、真江が訊く。

「まだ、ちょっと——。先にご飯食べさせててくれる？」

「いいわよ。心配しないで」

「お願いね」

「あんまり遅くならないで」

「うん」

綾香はケータイをバッグに戻すと、息をついた。

そう遅い時間ではないが、瞳《ひとみ》や涼《りょう》と夕食をとるにはもう遅すぎる。

祖母の真江が、子供たちの食事を用意してくれることが多いので、綾香としては助かっている。——母、則子は夫の世話で手一杯のようだ。

同じ家に住んでいる親子なのだが、両親と、三人の子供たちの間には、どこかよそよそしさがあった……。

綾香はクラブの中に戻った。

とたんに頭痛がするほどの騒がしさ。

もちろん、好きでこんな所に来ているのではない。高須《たかす》について来たのだ。

といって、高須も決して楽しんではいないのである。派手な女の子たちに囲まれても、少しも面白くない。

高須に講演を頼みに来た、若い経営者たちが、半ば無理に高須を連れて来たのだ。

経営者といっても、多くは二代目、三代目社長で、見るからに苦労知らずという印象だった。

料亭で会食した後、

「このまま帰るんじゃ——」

と、このクラブへ連れて来られた。

まだ時間が早いから、というので、高須も付合っているのだが、むしろクラブでなじみの女の子の肩を抱いて喜んでいるのは、若い社長たち。

高須はいわば「口実」に使われているのが分った。

綾香など、隅の方でウーロン茶を飲んでいるだけ。

「――ねえ、もう一杯飲みたいわ！」

と、高須にしなだれかかった女の子が甘えた声を出す。

綾香には、高須がうんざりしているのがよく分った。もともと、高須は慣れた店で飲むのが好きで、こういう雰囲気は苦手なのだ。

綾香は立ち上ると、高須の前へ進み出て、

「ちょっと」

と、女の子の肩を叩いた。

「なあに？」

「私の先生に手、出さないで！」

と、綾香はにらんでやった。

「あんたの先生？」

「そうよ。見りゃ分るでしょ」

と、綾香は言って、「先生。せっかく今夜時間取れたのに……」

「うん、いや……。そうだよな」

高須も綾香に調子を合せて、「すまんが、これで失礼する」

「先生、もうお帰りですか？」

と、社長の一人がもつれた舌で言った。

「うん。ちょっとこの――杉原君と行く所があってね」

と、高須が綾香の腕を取って引き寄せる。

「やあ、そりゃ失礼しました！　そんなこととは存じませんで」

「お先に失礼するよ」

高須がわざと綾香の肩を抱いて、クラブを出た。

「タクシーを拾おう」

高須が空車を停めて、二人で乗り込む。

「――先生！　どうも！」

社長たちが出て来て手を振っている。

「出してくれ」

高須はともかくタクシーを走らせて、「やれやれ、助かったよ」

「先生も、あんな人たちにお付合されなくていいんですよ」

「そうは思ったがね……。どうする？」

「私、ちっとも食べた気がしませんでした」

「全《まった》くだ」

と、高須は笑って、「よし、どこかでカツ丼でも食おう」

「いいですね！　運転手さん、どこかカツ丼のおいしいとこ！」

運転手がびっくりして、

「カツ丼ですか？　そう言われても……」

と、面食らっていた……。


「すっかりご迷惑をかけて」

と、瀬沼がくり返した。

「いえ、ご心配なく」

と、爽香は言った。「倒れられたと伺いましたけど、いかがですか？」

「いや、大したことはないんです。もう出社しております」

帰宅途中の爽香のケータイにかけて来たのは、この前、待ち合せてやって来なかった〈B工業〉の瀬沼である。

「お打合せについては、改めて日取りを出させていただきます」

と、爽香は言った。

「恐縮です」

と、瀬沼は言った。「部下から、ずいぶんお待たせしてしまったと聞きました」

「高品さんという方ですね。とてもお気づかいいただいて。誰でも、突然倒れたりすることはありますから」

「全く、面目《めんぼく》ないです」

「来週のどこかで、時間が取れると思います」

「よろしく。ケータイへかけてしまって、良かったでしょうか」

「ええ。夜中でもなければ大丈夫です。今、帰りの電車のホームなので、また改めて……」

「失礼しました。明日昼間にでも」

「ええ、社へお電話下さい」

それでは、どうも、とやり合って、爽香は通話を切った。

ちょうど電車が来た。

乗ったら、目の前の席が空《あ》いて、スポッと座れた。

「心がけがいい」

うん、と肯いて、爽香は目をつぶった。

眠れるかどうかはともかく、目を閉じているだけでも楽だ。——今日は早く帰れた。

珠実ちゃんの顔が見られる。そう思うだけで、疲れがずいぶん溶けて行くような気がするのだ……。

明男にも、仕事の面でずいぶん無理をさせている。二人とも、どうしても遅くなるときは、出勤が遅い明男が、爽香の実家へ珠実を預けていくことが多い。

しかし、これから年末のお歳暮の時期、明男はどんどん忙しくなる。まずあてにすることはできないだろう。

「考えとかないと……」

と、爽香は呟いた。

いや、本当は――もっと大きな問題があるのだ。

生活費のことである。

爽香の所だけなら、多少の余裕があるが、兄の一家は、綾香の収入だけではとてもやっていけない。母、真江は年金があるし、心配しなくてもいいが、兄充夫はリハビリの費用もあり、もちろん仕事には戻れない。

本当なら、則子が働いてくれるとありがたいのだが、まだ精神的に不安定なところがあって、無理はさせられないのだ。

涼を大学へやりたい、と綾香は思っている。しかし、下の瞳の学費も考えると……。

そんなことを考えていると、眠気は遠ざかって行く。むろん、今すぐいい方法が見付かるわけはないのだが……。

――ケータイが鳴ってる。

誰のだろう？　爽香は目を開けて左右を見た。自分のかとケータイを取り出して確かめている人が何人もいた。

え？　――私だ！

急いでバッグから出す。

高品沙苗からだった。ついさっき、瀬沼からかかっている。何だろう?

少しためらったが、手で口もとを隠すようにして出る。

「もしもし」

「杉原さんですか。〈B工業〉の高品と申します。先日——」

「ええ、憶えています。あの——何か?」

「瀬沼からそちらへ連絡が行きましたでしょうか」

「ついさっき、このケータイに」

「そうですか。——どう言っていましたか」

「お詫《わ》びを言われて、お目にかかるのは、また来週でも、ということにしましたが。どうかなさったんですか?」

「実は——」

と言いかけて、「外においでですね」

「帰りの電車です。長くなりそうですか?」

「あの……瀬沼、例の部長を殴《なぐ》って、クビになったんです」

「え?」

「興奮しているせいか、自分がどうなったか、よく分ってないらしくて……」

「それは……大変ですね」

そう言うしかなかった。

「ご迷惑かけて申し訳ありません。打合せの件は、改めてご連絡さし上げますので」

「了解しました。お待ちしています」

「あの……」

と、高品沙苗は口ごもった。

「何か?」

「瀬沼は何か言っていませんでしたか。今どこにいるとか……」

「さあ……。何もおっしゃっていませんでしたけど」

「そうですか。すみません、妙なことをお訊きして」

「いいえ」

「それでは──」

「瀬沼さんのことで何か分ったら教えて下さい」

と、爽香は言っていた。

「はあ……」

「瀬沼さんのこと、本当に心配されてるんですよね」

少し間があって、

「実直な、物事を何でも真面目《まじめ》に捉《とら》えてしまう人なんです。いい加減ということのできない人で」

「そうですか。何もなければいいですね」

「ええ。奥様と、十歳になる坊っちゃんもおいでなので。何か早まったことをしないといいんですけど」

高品沙苗の声には、報われない恋心の哀《かな》しみがにじんでいた。


「希子か」

「あなた！」

希子はケータイを持ったまま、つい立ち上っていた。「今どこにいるの？」

瀬沼は答えず、

「卓也は寝たか」

「ええ、少し前に」

と、希子は言った。「あなた……。聞いたわ、会社の人から」

「そうか。まあ、そんなわけだ」

夫の声には表情がなかった。

「あなた、今どこ？　私、すぐ仕度《したく》して出るから。一緒に行きましょう」

「行く？」

「部長さんのお宅によ！　そして二人でお詫びすれば、きっと分って下さるわ」

「希子、もう俺はクビになったんだ。今さらそんなことをしてもむだだ」

「やってみなきゃ分らないじゃないの！　このまま仕事が失《な》くなって、どうするっていうの？」

「さあ、俺にも分らんよ」

「そんなこと！　――ね、二人で心から謝れば、部長さんだってきっと――」

「俺はごめんだ」

「あなた……」

「俺は謝る気なんかない。悪いのは向うだ」

「そういう問題じゃないでしょ。今無収入になったらどうなるの？　この家のローンだってあるし、卓也はもう十歳よ。中学受験だって、これから大切な時期なのよ」

「希子。――俺の気持がお前には分らないんだ」

「そりゃあ、社会に出れば、悔しい思いだってするし、理不尽《りふじん》な仕打にあうことだってあるわよ。でも、世の中ってそんなものでしょ？　どっちが正しいとか、そんなこと言ってたら、やっていけないわ」

「希子、お前の言う通りだろう。しかし、俺にも辛抱できることとできないことがある」

と、瀬沼は言った。「すまないと思うが、分ってくれ」

「じゃあ……明日からどうするの?」

少し間があって、

「——分らん」

と、瀬沼は言った。「また連絡するよ」

「あなた! 帰って来ないの?」

希子の問いに、瀬沼はしばらく答えなかった。そして、

「帰っても同じやりとりをするだけだ」

と言った。「少し一人にしてくれ」

「あなた! 話し合うのがどうしていけないの? 今夜話したくなかったら、いいわ。私は何も言わない。だから——」

「——勝手なんだから!」

通話は切れた。希子は、自分が悪い夢を見ているような気がした。

つい、目の前にいない夫へと文句を言っていた。

夫が殴ったという部長の所へ謝りに行くにも、一日も早いほうがいい。

一人で行って来ようか? ——いや、それでは無意味だ。夫がちゃんと謝らなければ、向うは本気にしないだろう。

もちろん、希子も夫のことは分っている。あの辛抱強い夫が殴ったというのだから、よほど腹に据《す》えかねたのだろう。

しかし、その結果を考えて、我慢するべきだったのだ。

あの人は私を「分らず屋」と思っているかもしれない。

「いいえ」

と、希子は口に出して言った。「私は間違ってないわ」

そうよ！　私は家族の暮しを守ろうとしてるだけ。子供の将来、私たち夫婦の未来。

それを守ろうとしているだけよ。

十歳の子を抱え、家のローンを負《お》って、どうやって生きていくのか？　——貯金など、ほんの何か月かで底をつく。

希子は手の中のケータイを見下ろした。汗で濡《ぬ》れている。

こっちからかけようか？　いや、今かけても出ないだろう。

希子はケータイをソファに投げ出して両手で顔を覆《おお》った……。

6　推　薦

「はい、土曜日は一杯ですが、金曜日夜のクラスですと、まだ多少余裕がございます。――そうですね。ここは地下鉄の駅が近いのでご便利かと。――はい、ぜひ一度おいでいただいて、ご自分でお確かめ下さい」

長谷部仁美《はせべひとみ》の声は爽やかで、相手に安心感を抱《いだ》かせるものだった。

爽香は〈S文化マスタークラス〉の受付前のロビーに立って、長谷部仁美が電話の問合せに答えるのを眺めていた。

「はい、ではお待ちしております。ごめん下さいませ……」

受話器を置くと、爽香に気付き、「あ、爽香さん！」

「いいわね、仁美さん。声がとてもすてきで」

「そんなお世辞《せじ》。――どうぞ中へ」

「ちょっと時間もらえる？」

「ええ、もちろん！　あ、すぐ近くに、甘味屋《かんみや》さんのおいしいのがオープンしたんです。行きましょうか」

「いいわね！」

と、爽香は微笑んだ。

〈S文化マスタークラス〉は、中高年の女性を中心に、堅実な運営を続けていた。

「――短歌のクラスをもう一つ増やすことにしました」

と、ビルを出て、仁美は言った。「若い先生なので、感覚が新しいって評判です」

「結構ね。やたら頑固《がんこ》に古い型にこだわる先生だと、生徒さんが楽しくないものね」

「そうなんです！　何もプロの歌人を育ててるわけじゃないんで」

大きなカルチャースクールは、講師を選ぶのに肩書にこだわって後で困ったりすることがある。〈人間国宝〉の講師で人を集めても、実際の授業はほとんど弟子任せ、という場合が珍しくない。

その点、所帯の小さな〈S文化マスタークラス〉は自由がきくので、無名でも熱意のある講師が選べる。

「――おいしいわね」

爽香がアンミツを食べながら、「今はこういう、控え目で上品な甘さでないと喜ばれないのね」

「そうですね。私が子供のころは、甘いものはうんと甘く、っていうのが普通でした」

と、仁美は言った。

「アンミツの甘さ一つ取っても、世の中は変ってるのね」

と、爽香は言った。

食べ終えて、爽香は緑茶を飲みながら、

「長谷部さん」

と、少し改って、「実は――あなたも察してるでしょうけど、〈S文化マスタークラス〉の方も、ずいぶん落ちついて来たし、あなたに任せて大丈夫だと思うの」

「爽香さん……」

「もう私たちの力は必要ない。――社長とも話して、来年の春で、うちからの援助は終りにすることにしたわ」

「そうですか」

「がっかりした?」

「いいえ! よくここまで支えて下さったと思っていました。いつまでも甘えてはいられません。――分りました。もう一度、むだな出費はないか、よく見直します」

「ありがとう。頑張《がんば》ってね。心配してないわ、後のことは」

「私は心配ですけど」

と、仁美は笑って言った。「パンフレットの絵は使わせていただいていいんでしょうか?」

「それは問題ないでしょう」

「爽香さんのお友だちということで……」

「私が抜けたからって、値上げしろって言って来るような人じゃないわよ」

「分りました。――で、爽香さんは何の仕事を？」

「さあ……。まだ聞いてないの。クビになったら困るけどね」

「まさか」

「何しろ、手広いから、うちの仕事は。何が回って来るか、見当もつかないわ」

と、爽香は言った。「――やっぱり緑茶はおいしいわね」

「お昼も人気あるんですよ、このお店」

と、仁美は言った。「お茶漬とかおにぎりとか、手軽に食べられるものがあって」

「いいなあ。〈G興産〉の近くには、そういうお店がないのよね」

と、爽香は言った。

そのとき――。

「どうしてよ！」

という、若い女性の甲高《かんだか》い声が店の中に響いた。

そして、こみ上げる嗚咽《おえつ》……。

誰もが、その声の方を振り向いた。

奥まった席に、若いOLらしい女性と、スーツ姿の中年のビジネスマンが向い合っていた。女性はハンカチを顔に押し当てて泣いている。

相手の男は、店内の視線をむろん分っているだろうが、気付かないふりをして、泣いている女性から目をそらしていた。

誰が見ても見当はつく。別れ話を男が持ち出したのだろう。男の左手の薬指には結婚指輪があった。

男はわざとらしく腕時計を見ると、女性の方へ何か小声で言った。伝票をつかんで立ち上ると、足早にレジへと向う。

「ありがとうございました……」

レジの女性の口調も、やや素気《そっけ》なかった。

男が店を出ようとすると、

「お客様、おつりが――」

男は苛々しているのを隠そうとせず、小銭を受け取るとそのまま出て行った。

残された女性の、呻くような嗚咽はおさまらず、しばらく店内は話し声も絶えてしまった。

やっと泣き止《や》むと、その女性はハンカチで目を拭《ぬぐ》い、バッグの中へクシャクシャになったハンカチを押し込んだ。

そして立ち上ると、レジへ行って、

「私、いくらかしら」

と言った。

「お連れ様が払って行かれました」

と、レジの女性が答えると、

「払いたいの。——あの人、よくここへ来るでしょう。そのとき、返して」

レジの女性は肯いて、

「分りました。一〇五〇円です」

と言った。

女性客がぴったり支払うと、レジの女性は、

「確かにお返ししておきます」

「ありがとう」

足早に出て行く女性を見送って、

「どう見ても、男の方はただの遊びだった、って感じですね」

と、仁美は言った。

「お互い真剣ならともかくね。——あの女の人が立ち直ってくれるといいわね」

と、爽香は言った。

「寝室のドレープは遮光《しゃこう》で、って言ってあったでしょ！」

石谷由衣は電話に向って、かみつきそうな声で言った。「今日中に交換してちょうだい！

いいわね！」

受話器を叩きつけるように置くと――。

「電話に当っちゃ可哀《かわい》そうだよ」

「あら……。瀬沼さん！」

石谷由衣は頰《ほお》を染めて、「聞いてたんですか？」

「声をかけるのも怖くてね」

「いつもこんなじゃないんですけど……」

と、由衣は言いわけして、「よくここが分りましたね」

「この間、君から色々話を聞いてたからね。大体の場所は見当がついたよ」

「こんな小さなオフィスでも？」

由衣はインテリア・デザイナーとして、一応独立して仕事をしている。しかし、昨今の不景気で、いちいちお金をかけてこういうプロに依頼しない客がふえて来ていた。

「しかし、いい場所にあるじゃないか」

「家賃を払ったら、食べてくのがやっと」

由衣は立ち上ると、「その辺でお茶でも」

「オフィス、空《から》っぽになって大丈夫?」

「一応バイトの子が来ることになってるけど。今の子は何も言わずに辞めちゃうんですよね」

と、由衣は首を振って、「平気です。用のある人はケータイにかけて来ますから」

二人は近くのコーヒーショップに行った。机の上にパソコンを置いて仕事しているサラリーマンが大勢いる。

「——もうお体はいいんですか?」

と、由衣はコーヒーを飲みながら言った。

「何とかね」

と、瀬沼は肯いてから、「いや、その節は迷惑をかけて申し訳ない」

「そんなこと……。でも、一時はどうなるかと思いました」

「確かにね。倒れている方は何も憶えてないが、あなたは大変だったろうと思って」

「でも、私もいつ町中で倒れるか分りませんから」

と、由衣は言った。「相当頭に来ることがあって」

「ほう?」

「いきなりキャンセルされた仕事のこと、お話ししましたよね。あれ、私の父が企《たくら》んだことだったんです」

「お父さんが？」

「父は――中河原均といって、多少人にも知られた財界人です」

「ああ、僕も名前は知ってる。じゃ、君の姓は――」

「私は父の娘と言われるのがいやで、母方の姓を名のってるんです」

「なるほど」

「父の人脈をもってすれば、私のオフィスなんて、簡単に潰《つぶ》せます。でも、まさか父が本当にそこまでやるとは……」

「そうか。金のある家も、それなりに悩みはあるんだね」

「お金ですか？　父はケチですよ。ケチだからお金が貯《た》まるんです」

「なるほど真理だね」

と、瀬沼は笑った。

「瀬沼さん――今日、会社は？」

と、由衣は初めて気付いた。

「クビになった」

「まあ。――あの日のことで？」

「いや、例の部長を殴ってね」

由衣は目を丸くしていたが、やがてふき出して、

「羨《うらやま》しいわ！　私も威張りちらしてるクライアントを殴ってみたい！」

「ちっとも良かないよ。おかげで女房と顔を合せられなくて、家に帰ってない」

「瀬沼さん……」

「すまないね。君に会ったところで、どうなるものじゃないのは分ってる。ただ——君の顔が見たくなった」

由衣は微笑んで、

「私の顔を見て、少しは元気になりましたか？」

「そんな気がするよ」

「あら、ごめんなさい」

由衣のケータイが鳴った。「妹からだわ。——もしもし？　由加？　どうしたの？」

話を聞いてる内、由衣の表情がこわばって来た。

7　天の声

山崎は後悔していた。

どうしてあの絵を遠藤に見せてしまったのだろう。しかし、今となっては遠藤の記憶を消すことはできない。

「やっぱりね、山崎君」

と、遠藤画伯は言った。「ぜひあの絵を出すべきだよ」

「くり返しになって申し訳ありませんが、あれは私の個人的な思い出なんです。モデルになってくれた女性との約束で、表に出すわけにはいきません」

同席している他の画家や美術評論家たちは、興《きょう》味《み》津々《しんしん》という様子で、山崎と遠藤のやりとりを聞いていた。

――問題になっているのは、爽香を描いた裸体画である。

山崎は遠藤に「見せた」のではない。遠藤が勝手に「見た」のである。新進画家に与える賞のことで、遠藤が突然山崎のアトリエにやって来た。

何といっても相手は大家《たいか》で、

「帰って下さい」

とも言えず、山崎は自分で遠藤にお茶をいれた。

お茶を持って、アトリエに戻ると、遠藤が覆いを外して、あの絵を眺《なが》めていたのである。

山崎は焦って、

「それは個人的に頼まれた絵で」

と、あわてて片付けたが、遠藤は、

「おい！　あれは傑作だぞ！　君の新境地だ。出せば二つや三つの賞は固い」

と言い出した。

その爽香に、この前、遠藤はレストランで会って、ますます興味をかき立てられたようだ。

「そんなに凄《すご》いのか？」

他の画家が言った。

「ああ、保証する」

と、遠藤が言った。

「普通のヌードですよ。〈ヴィーナス〉でも〈マハ〉でもない」

と、山崎は強調した。「その話はもう――」

「いいじゃないか、見せてくれよ」

「ああ、そこまで遠藤さんが言うなら、ぜひ見たいね」

みんなが口々に言い出す。山崎は苛立って来た。もう少しで怒鳴りつけようというところへ、

「堀口《ほりぐち》先生がおみえです」

と、事務局の男が入って来て言った。

「起きられたのか」

「よく出て来られたな」

と、誰もが顔を見合せる。

事務局の男がドアを押えていると、コツ、コツと床《ゆか》を打つ音がして、ステッキを突いた老人が現われた。

細身で、背が高い。八十九歳とは思えない「力」を感じさせる。自然に、全員が立ち上っていた。

「遅れてすまん」

と、堀口豊《ゆたか》は言った。

はっきりとした口調で、言葉も明瞭だった。

白髪の彫りの深い顔は、ドイツの血が四分の一入っていることを思い出させる。

中央の席にゆっくり腰を下ろすと、事務局の男にステッキを渡した。

「どこかへ置いといてくれ。会議中に倒れて大きな音をたてては迷惑になる」

と、堀口は言った。「話を続けてくれ。私に構わず」

「先生、そのステッキは――」

と、一人が言った。「変った色をしてますな」

「老人用さ。夜、車のライトが当ると、オレンジ色に光る。――車にはねられて死ぬのは、この年齢《とし》でもいやだからね」

以前は特注の、いかにも凝《こ》ったステッキを使っていた堀口が、実用的なステッキに替えたのが誰しも意外だった。

山崎は内心ホッとしていた。これであの絵のことから話がそれるだろう。

――堀口豊は今、画壇の長老であり、最高権威と言われていた。画家としての名声は世界的に広がっており、国内でも文化勲章を受けていた。

今日の会合に出て来るとは、誰も思っていなかっただろう。

「何の話だったのかね」

と、堀口が言った。

「山崎君の絵のことです」

と、遠藤が言ったので、山崎はうんざりした。

「今はそんなこと……。肝心《かんじん》の議題に入りましょうよ。せっかく堀口先生もおみえなんですから」

と、山崎は言ったが——。

「山崎君か」

堀口が山崎へ目を向けて、「君の絵はいいね。人間の肌触《はだざわ》りがあるよ」

「恐れ入ります」

「ぜひ、あの絵を出せと言ってるんですよ」

と、遠藤が言った。「先生のご意見は？」

見てもいない堀口に意見を求めるとは。山崎は呆れた。

「うむ……。実物を見ないと何とも言えんが……」

と、堀口が言った。「悪くないと思う」

「先生——。どうしてそんなことが……」

と、山崎が言うと、遠藤がニヤリとして、上着の内ポケットからケータイを取り出した。

「堀口先生は、ちゃんと新しい物も使いこなしておられるんだよ」

と、ケータイを開けて、「堀口先生のケータイに、あの絵の写真を送っておいた」

山崎は愕然《がくぜん》とした。

遠藤はあの時、アトリエで、あの絵をケータイで撮っていたのだ。

「遠藤さん、いくら何でもそれは——」

たまりかねて、山崎が言いかけると、

「まあ待て」

と、堀口がなだめるように、

「ケータイの小さな画面ではよく分らないが、力作だということは分るよ」

「恐れ入ります」

と、山崎は言った。「ただ、あの絵は個人的なもので……」

「問題は、個人的なものが普遍《ふへんてき》的なものに達しているかどうかだよ」

と、堀口が言った。「作品は仕上ったとき、もう画家の手を離れて個性を持っているものだ」

「おっしゃることは分りますが……」

山崎は、爽香からあの絵を決して人前に出さないでくれと頼まれている。

「おい遠藤、俺のケータイにも、その写真を送ってくれよ」

と、画家の一人が言うと、

「俺のにも頼む」

と、二人三人と言い始める。

「堀口先生」

と、山崎は何とか動揺を抑えて、「あれは昔風のリアリズムの絵です。今どき、あんなものを――」

「おいおい、山崎君。そんなにこだわると、本当にモデルの女との間を疑われるぞ」

と、遠藤が言った。「せっかく、堀口先生もああおっしゃってるんだ。あの作品を出すべきだよ」

山崎は迷っていた。

遠藤の言うことなら、何とかはねつけることもできた。しかし堀口の言葉は無視できない。それは山崎の画家としての今後にもかかわることだった……。

山崎が沈黙していると、

「——それでは」

と、堀口が言った。「これから、山崎君のその絵を、みんなで見に行こうじゃないか」


覚悟を決めなければならなかった。

堀口のひと言は、「現実」になってしまったのだ。

遠藤がすぐに事務局の男に、

「おい、車を呼べ！　全員だから……適当に！」

と言いつけたのである。

今、山崎のアトリエは、これまでになかったにぎわいだった。

訪れた画家たちは、しかし並んでいる山崎の他の作品にも興味を示していた。堀口は特に

一つ一つをていねいに眺めて、

「これは大したものだ。——これほど幅の広いものを、こんなに高いレベルで描き上げていたとはね」

と、感心している。

「——あの絵はどこだ?」

と、遠藤が言った。

山崎は一瞬きつい眼差《まなざ》しで遠藤を見たが、こうなっては仕方ない。

「こっちへ持って来ます」

と言って、アトリエの奥へ入って行った。

いつも爽香がモデルになるために服を脱いでいた場所だ。

絵を、覆いをかけたまま、アトリエの中央に運ぶと、

「これです」

と言って、覆いの布を外した。

堀口がステッキの音をさせながら、絵の正面に回る。他の画家たちが堀口を囲むように集まった。

——沈黙があった。

山崎は、堀口が「こんな絵はだめだ」と言ってくれるのを期待していた。堀口が言えば、

いくら遠藤たちが推してもむだだ。

堀口がステッキを突いて絵の方へ近付いた。——真剣な目が、絵を、爽香を見つめている。

堀口もほとんど息を止めていたらしい。

ホッと息を吐くと同時に、肩が動いた。

「——山崎君」

と、堀口が言った。

「はい」

「これは確かに君の個人的な絵だ。君は彼女を絵筆で愛撫《あいぶ》している」

山崎は目をそらした。堀口の言い方は正しい。

「しかし、この完成度は、この絵を君個人のものではない所へ持って行った。——これは傑作だよ、山崎君」

「はあ……」

何とも言いようがなかった。

「この絵を見ると、我々が頭で絵を描いて来たことが分る。この絵は、理屈も感覚も無視して、感情だけで描かれている。そこがすばらしく新鮮だ」

堀口は自分で肯くと、「これを出したまえ」

と言った。

山崎も、堀口の言葉には逆らえなかった。

「分りました」

と、小さく頭を下げた。

他の画家たちが、呪いから解放された、というようにワッと絵の方へやって来た。

「本当にこの肌は息づいてるよ」

「魅力的な女だな」

と、口々に言ったが……。

山崎は背中に回した両手を固く握り合せた。――爽香に言わなければ。

しかし、どう話したらいいだろう?

約束を破ることになる。爽香は怒るだろう……。

しかし、同時に画家としての山崎は、堀口にあそこまで賞讃されたことで正直嬉《うれ》しかった。

もちろん、それを話したところで爽香は納得してくれないだろうが。

「――山崎君」

と、堀口が言った。「このモデルは、どういう女性だね?」

「はあ……。小学校のころから知っている女性です。しっかり者で、今、〈G興産〉という会社で、責任ある仕事を任されています。〈S文化マスタークラス〉というカルチャースクールの……」

「ああ、君の絵をパンフレットに使ってるな」

と、一人が言った。「あれもいい絵だ」

「そこの机の上にパンフレットがあります」

と、山崎は言った。

少しでも、爽香の絵からみんなの目をそらしたい。

堀口はそのパンフレットを渡されると、

「なるほど。この絵にも、山崎君のその女性への気持がにじみ出ているね」

「いえ、そんなことは……。ご主人も子供もいる人です」

「しかし、二人でフランス料理を食べてたじゃないか」

と、遠藤がからかった。

「それぐらいのことは……。でも、彼女は決して夫を裏切ったりしません」

「山崎君がそこまで言うとは、どんな女性か、私も会ってみたくなったね」

と、堀口が微笑んだ。

「それはいいな！　展覧会初日に、彼女をゲストに招くってのはどうだ」

遠藤の言葉にみんなが湧いた。

山崎は黙っていた。これ以上何か言っても、却《かえ》ってみんなを煽《あお》るだけだ。

しかし――爽香に何と言おう？

8　動物園

アーア……。

爽香が欠伸《あくび》をした。

すると、

「ライオンさんの真似《まね》してる！」

と、珠実が指さして笑った。

「え？」

と見ると——確かにオスのライオンがクワーッと大口を開けて欠伸しているところだった……。

「本当だ」

と、爽香も笑って、「でも、ママの方が先だ。ライオンさんの方が真似したんだね」

「ライオンさんも眠いの？」

「そうなのね、きっと」

「ザンギョーしてんのかな」

「さあね」

妙な言葉を憶えさせちゃったわ。――爽香は珠実の手を取って、

「パパ、どうしたのかな」

と、振り返った。

ちょうど明男が紙袋を手に戻って来るところだった。

「ごめん！　何だか変にていねいな店でさ、注文してから焼くんで待たされて。――あれじゃ、休日は大変だろうな」

「でも、いい匂い。珠実ちゃん、今食べる？　もう少ししてから？」

「今食べる！」

と、珠実は即座に主張した。

「じゃ、あそこに机と椅子《いす》があるから、あそこでね」

「走る！」

「かけっこする？　よし！」

爽香は娘と一緒に駆け出した。

――今日は明男も休みで、爽香は休暇を取っていた。平日なので、動物園も空《す》いていて、ゆっくり回れる。

日射《ひざ》しがあって、風は少し冷たいが、ブラブラ歩くにはいい日だった。

三人は木のベンチにかけて、塗りのはげたテーブルにハンカチを広げ、ハンバーガーをパクついた。

「おいしい！」

と、珠実が声を上げる。

「良かったね。——ママも久しぶりだ」

こぼれたソースが指を汚す。それをなめるのも楽しかった。

「お猿さん、どこ？」

と、珠実が言った。

「どこかな？　歩いてけば、ちゃんと待っててくれるから」

「お猿さん、好きか。ママと同じだ」

と、明男が笑って言った。

「似てる、とか言わないでよ」

「言わないよ、思ってても」

「こら！」

確かに、猿山の光景は飽きることがない。微妙な上下関係を見てとれるところは、まるで会社の中みたいだ。

――今日は仕事を忘れる！

爽香はケータイを家に置いて来た。明男が仕事用のと別に持っているケータイだけは、何か必要なときのために持って来ている。

「動物園に行く？」

突然思い立ったのは、休みを取ると決めたゆうべのことで、今朝になって早目に起こされた珠実は少々むくれていたが、「動物園」と聞いて、目が急に輝いた……。

久保坂あやめに、今日は連絡しないで、とメールを入れ、爽香は急いで仕度をした。

「――はい、お手々洗おう」

爽香は、珠実を連れて水道の所まで行き、手を洗った。

「おお冷たい！」

と、大げさに身震いする。

そして、珠実を真中に、三人で手をつないで歩いて行った。

「――久しぶりだな」

と、明男が言った。

「うん。そうだね」

家族三人で出かけることは、ずいぶん長いことなかった。

今日の休みは、明男にとって「忙しくなる前のひと息」である。

「ゆっくり寝ていたかった？」

「帰ったらひと眠りするよ」

そう。——明男ももう若くない。忙しい日が続くと、疲れが翌日に残るようになっていた。

爽香だって同じだが、体の疲れよりも他に頭の痛いことを色々抱えている。そっちの方が応《こた》えた。

でも、こうして緑の多い道を歩いていると、ほんのひととき、浮世《うきよ》の悩みを忘れられる気がした……。

「あ！　お猿さん！」

珠実がめざとく見付けて指さした。道の向うに、猿山の天辺《てっぺん》が覗《のぞ》いている。

「本当だ。ママ、気が付かなかった」

「早く行こ！」

「うん。でも転《ころ》ぶといけないからね。お猿さんはちゃんと珠実ちゃんの来るのを待ってるよ」

「本当？」

「うん、本当」

明男がトイレを見付けて、

「俺、ちょっとトイレに行ってくる。珠実は大丈夫か？」

「うん、大丈夫」

「さっき行ったものね。じゃ、先にお猿さんの所に行ってるね」

「ああ、行っててくれ」

明男は二人と別れて、トイレへと急いだ。

猿山を眺めていると、珠実は飽きないらしくてなかなか動かないのだ。

――用を足して手を洗い、ハンカチで拭きながらトイレを出ると、ポケットのケータイが鳴った。

「――もしもし」

「動物園、楽しい？」

三宅舞からだ。――そうだった。今朝、爽香と珠実が仕度して出て来るのを車の中で待っている時、舞にメールしたのだ。

「まあね」

しかし、このケータイにかけて来るとは思わなかった。今はたまたま一人だったからいいが……。

「心配しないで」

と、舞が言った。「ちゃんと、あなたが一人だと分ってるからかけたのよ」

「え？」

「あなたの後ろにいる」

明男は振り向いた。ケータイを耳に当てた舞が、数メートル先に立って、いたずらっぽく笑っていた……。


「内海《うつみ》修一《しゆういち》」

と、由衣は名刺を見て言った。

「これが、あんたの彼氏だったのね」

由衣は、「だった」というところを少し強調していた。

「うん」

中河原由加は肯いた。

「いくつ?」

と、由衣は訊《き》いた。

「四十……八かな、たぶん」

「奥さんのいる男ね」

「子供もいる」

妹の言葉に、由衣はため息をついて、

「あんたも辛《つら》いだろうけど、女房、子供までいる男は、まず別れないわよ」

と言って、名刺をテーブルに置いた。「仕方ないわ。もう忘れなさい」

由加の唇《くちびる》が細かく震えている。

「でも……ひどい。何度も約束しといて……」

「気持は分るよ。あんたはすぐ人を信じるタイプだしね」

「私……一度は妊娠したの」

由加の言葉に、由衣も絶句した。由加は水をガブ飲みした。

「――もちろん堕《お》ろしたけど」

「どうして私に言わないの！」

と、由衣は言った。「ちゃんとした病院でやったの？　体、大丈夫だったの？」

由加は無理に微笑を浮かべて、

「もう一年以上たつから。――少し生理が重いけど」

「もう一度、調べてもらいなさい。私がついてってあげるから。ね？」

由加が黙って肯いた。

由衣は、青ざめ、こわばった表情で座っている妹を、痛々しい思いで眺めていた。

八歳年下の由加は、小さいころ姉をいつも追い回していたものだ。十代のころの由衣は少々閉口したが、それでも由加のことは可愛くてたまらなかった。

二十歳以上も年上の男。しかも妻子のいる男。――恋した由加も軽率だったが、年上の男

しかし、今さらこの〈内海修一〉という男に仕返ししようとしても、空《むな》しいだけだ。

が悪い。

「――由加。二人で旅行でもしようか」

と、由衣は言った。「私も、ここんとこ頭に来ることがあってね」

「お姉ちゃんと旅行？」

「何よ、私じゃ気に入らない？」

「いい男がいいな」

「しばらくは男から距離を置きなさい。自然に傷がいえるまで」

「うん、もちろん。――また恋もできるよね」

「当り前よ。これからが本番」

「お姉ちゃんは？」

「私？　うーん……。本番終って、アンコールぐらいかな」

「何、それ」

と、由加は笑った。

由衣は、妹の笑顔を見て、少し安堵した。――そう。由加はまだ若いんだ。立ち直って、やり直せる。

幸せになること。それが自分を裏切った男への一番の仕返しなのだ。

「——お待たせして」

高品沙苗はロビーへ出て来て言った。

「瀬沼の家内です」

と、希子は会釈した。「お仕事中、申し訳ありません」

「いいえ」

沙苗は瀬沼の妻をロビーの隅の椅子の方へ連れて行った。

「高品さんへ、主人から連絡はないでしょうか」

と、希子は身をのり出して訊いた。

「いいえ、何も。——奥様にも連絡していないんですね」

「困ってます」

と、希子はため息をついた。「あの……主人がこの会社へ戻るのは、もう無理でしょうか?」

「そうですね……。もうはっきり会社との関係は切れてしまったので……」

「でも、主人は四十代半ばです。今、仕事を捜しても、すぐに見付かるとは……」

「そうですね。お気持はよく分ります」

と、沙苗は肯いた。

「その――主人が殴ったという部長さんにお目にかかってお詫びしたいんですが」

「それは――部長は腹を立てています。今、奥様がお一人でお会いになっても……」

「でも、部長さんが納得して下さったら、主人のことも、もしかしたら……」

「ご主人だって、今さら部長にお詫びされる気にはなれないでしょう」

「だからって、何もしないで放《ほう》っとくんですか？　私や息子のことはどうなるんです」

希子の言葉に沙苗は目を伏せた。希子はため息をついて、

「すみません。高品さんに当っても仕方ないのに……」

「いいえ、私のことはどうでも。ただ、ご主人のことは心配です。どこへ行かれたのか……」

「心当りはありませんか」

と、希子は訊いた。

「一向に。――何か早まったことをされないといいですけど」

「主人がですか？　それはないと思います。電話で話したときも、私たちに対して、ちっともすまないと思ってないんですもの」

「そんなことは……。きっと内心では謝りたくても、つい言葉が出てしまったんですよ」

「だといいですけどね」

希子は苦笑して、「高品さんは主人のことをずいぶんかばって下さるんですね」

「色々お世話になりましたから」

と、沙苗は言った。「もしかしたら……」

「何か？」

「いえ……。ちょっとお待ち下さい」

沙苗は立ち上って足早にエレベーターへと姿を消した。

希子はケータイを取り出した。夫から何か言って来ていないか、と思ったのである。しかしメールも着信もない。

希子も、夫のことを心配していないわけではない。しかし、今は腹立たしさの方が大きかった。

少しして、沙苗は戻って来ると、

「今、この人に連絡してみました」

と、名刺を置いた。

「〈石谷由衣〉ですか……」

「この間、瀬沼さんが倒れられたとき、一緒にいた人です」

希子の表情がこわばった。

9　視野

言葉もなく明男が立ちすくんでいると、三宅舞は笑って、

「心配しないで」

と、明男の方へ歩み寄った。「困らそうと思って来たわけじゃないわ」

「しかし――象やライオンを見に来たわけじゃないんだろ？」

「そうね。新種の動物を見に来たって言うべきかな」

「何だい、それは」

「〈幸福な家族〉。〈幸せな親子〉。――まだ命名できてないんだけど」

「舞ちゃん――」

「心配しないで。決してあなたの奥さんの目につかないようにするから」

「だけど……」

「本当よ。――あなたが『一家で動物園に行くんだ』って言ったとき、フッと自分も歩きたくなったの」

と、舞は言った。「さ、行って。私は一人でぶらぶら行くわ」

明男は何か言おうとしたが、結局、

「——それじゃ」

と肯いて見せ、足早に舞の前から姿を消した。

舞は小さく手を振って見送っていたが、やがてちょっと肩をすくめると、明男の行った方へとゆっくり歩き出した。

冗談や笑いに紛《まぎ》らわせて済ませるのも、もう慣れたはずだった。——しかし、ここに来てしまったことだけでも、舞自身、予想外のことだったのだ。

遠ざかって行く明男の後ろ姿に、

「振り返って！　せめて手ぐらい振ってよ！」

と、心の中で呼びかけている。

しかし——結局明男は一度も振り返ることなく、見えなくなってしまった……。

「猿山が好きなんだ、うちの奴《やつ》」

と、明男がいつか何気なく話していたのを、舞はしっかり憶えていた。

今日、この動物園に入って来るとき、案内図で猿山の場所を確かめていた。この先だ。きっとそこで爽香が待っているのだろう。

舞は、途中で別れた道を、猿山と違う方へと入って行った。——顔を合せて、

「偶然ですね！」

と、とぼけて見せることも考えた。

だが偶然でないことぐらい、爽香も分るだろうし、明男が困ることになる。明男を困らせて、心が離れて行くのは避けたかった。ただ、ここへ来ずにはいられなかった自分の思いを、分ってほしかったのだ。

——上り坂の道を辿《たど》って行くと、思いがけず猿山を見下ろす位置に出た。

案内図では分らなかったのだが、猿山の反対側に出ていたのだ。コンクリートで造られた「山」の向うに、手すりに並んでいる明男たちが見えた。

珠実が笑って、爽香も笑っている。そして明男が爽香の肩に手を回していた。

向うからも見えるはずだ。舞のことが。

しかし、明男も爽香も気付いていない。舞がいることを知らない爽香は、気付かなくて当然だが、明男は——。明男は分ってくれていいのではないか。

舞はしばらく動かなかった。明男を困らせたくないという思いと、気付いてほしいという気持がせめぎ合っていた。

「——すみません」

自分が声をかけられたのだと思わなかったので、舞は振り向かなかった。もう一度、

「すみませんけど……」

「――え?」

初めて振り向くと、大学生くらいの女の子が、ケータイを手にしていて、

「すみませんけど、写真、撮ってもらっていいですか?」

少し離れて、ヒョロリと背の高い男の子が立っている。

「いいですよ」

舞はケータイを受け取ると、「どこで?」

「じゃあ――猿山をバックに」

「はいはい」

男の子を手招きして、女の子は腕を絡《から》める。男の子は少し照れていた。

「ここ、押すのね? ――はい、じゃ撮ります」

カシャッという音がした。

「確認して」

「はい。――大丈夫です。ありがとう!」

「いいえ。大学生?」

「そうです」

「いいわね、若くて」

自分には、もう十年も前のことだ。

「ありがとうございました!」

二人が手をつないで行く後ろ姿を見て、舞は微笑んだ。

あんな風に、無邪気な恋人同士からスタートできていれば……。私と明男も。

もう一度、明男たちの方へ目をやると、親子は手すりに沿ってのんびり歩き出していた。

そして——爽香が足を止めた。

気付いている。舞を見ていた。

しかし、すぐに目をそらすと、そのまま何もなかったように歩き続ける。明男は何も気付いていないようだった。

舞は、来た道を引き返して行った。

早く動物園を出て、あの三人から離れたかったのだ。

どうして——。どうして来てしまったんだろう!

「どうした」

ハンドルを握った明男は言った。「疲れたのか」

後ろの座席で、

「眠ってるわよ、珠実ちゃん」

と、爽香は答えた。

「疲れたら、眠っていいぞ」

「私？　私は眠くない」

爽香は、少し薄暗くなっている外を見ながら言った。

「──晩飯、どこかで食べるか？」

「いいけど……。珠実ちゃんが起きてくれたらいいけどね。──ね、〈S文化マスタークラス〉に寄ってくれない？」

「え？　いいよ、もちろん」

「今日、高須先生のクラスがあるの。綾香ちゃんも来てるはずだし」

「分った」

車は都心へ向っていて、道が少し混み始めていた。

爽香は、膝に頭をのせて眠っている珠実の寝顔を見下ろしていた。

〈S文化〉に寄らなければならない理由はない。ただ、今は綾香や高須と会って、「仕事の顔」になりたかったのである。

そうしないと、明男に食ってかかりそうだった。珠実の前で言い争いたくない。

──あれは、間違いなく三宅舞だった。

こっちを見ている視線もはっきり感じられた。当然、明男から聞いてやって来たのだろう。

久しぶりに三人で出かけて来た、その場所へ、舞がやって来たこと。それを分ってはいなかったとしても、明男がしゃべっていたのが、爽香にはショックだった。

今日は「私たち三人だけの」一日のはずだった。それを明男は――。

いや、何気なく話しただけなのだろう。明男としては、何も隠すほどのことではない、という気持だったのだ。

そう分っていても、爽香は口をつぐんでしまう。明男と何でもない世間話をする気にはなれない。

でも……。私に明男を責める資格があるだろうか。山崎の前に裸身をさらしていた自分に。

そう考えると、爽香も無言のままでいるしかなかった……。

そして、いつの間にか爽香はウトウトしていた。

「――そろそろだ」

という明男の声にハッとして、

「ごめん。眠ってた？」

「いいさ。どこへ着ける？」

「ビルの正面でいいわ。あなたも入る？」

「外へ出た方が頭がスッキリする」

「じゃ、駐車場へ入れて。〈S文化〉のスペースが空いてれば、停めておけるわ」

と、爽香は言った。

車がスピードを落とすと、駐車場の入口へと歩道側の車線に入った。

そのとき——突然、車の前に女が一人飛び出して来た。

スピードを落とすので、足がブレーキにかかっていたのと、毎日運転している明男の反射神経が一瞬の差で、その女に車をぶつけずに済んだ。

急ブレーキで爽香の膝から珠実が転り落ちそうになって、あわてて抱きしめる。

「——はねた？」

「いや、大丈夫」

と、明男は言った。「当ってない」

「びっくりした！」

珠実は目が覚めない様子で、キョトンとしている。

「座っててね」

と、珠実に言って、爽香は車を降りた。

路面に、若い女が力なく座り込んでいた。

「あなた……。大丈夫？」

と、爽香はコートをはおったその女に言った。「どこかけがは？」

女は首を振った。

「立てる？　——はねられたくて飛び出したの？」

「すみません……」

女は泣き出した。

「いいから。――ね、立って。危ないわ、こんな所で」

爽香は女の体を支えて、歩道へと連れ戻した。

「――すみません。フラフラしてたら、自分でもよく分らない内に……」

「分るわ。でも、よく考えてね。こんな所で死んじゃ……」

と言いかけ、爽香は街灯の明りに女の顔を照らし出させて、「――ああ！　あなた、この近くの甘味屋さんで、男の人と別れ話をしていた……」

「え？　あの店にいたんですか？」

「そうなの。自分の分の支払い、一〇五〇円を男に返してくれって言ったわね」

「見てたんですね……。お恥ずかしいです」

「ちっとも、恥ずかしいことなんかないわ。でも、その男のために死のうとしたのなら、もったいないわ！　まだ若いのに」

こういうお説教が、恋人を失って絶望している当人にとって、意味のあるものかどうか、爽香だって分らないわけではない。しかし、ともかく今は思いとどまらせることが必要なのだ。

ともかく、このまま放ってはおけない。

「誰か、お家《うち》の人に迎えに来てもらいましょう。――ね？」

と、肩を叩く。「誰かいるの？」

「おい、どうした？」

明男が珠実の手を引いて車から出て来た。

「この人のこと……」

「珠実がオシッコだって。どうする？」

「じゃあ、〈S文化〉で借りればいいわ、トイレを」

爽香は、その女の腕を取って、「あなたも中へ入りましょ」

「いえ、でも……」

「小さい子がいると、その都合に合わせるしかないわ。そうでしょ？」

女は当惑した表情だったが、明男と手をつないだ珠実を見ると、ふと笑顔になって、

「そうですね」

と肯いた……。


「お茶、出しときました」

と、長谷部仁美が言った。

「ごめんなさい。忙しいのに」

と、爽香は言って、〈S文化マスタークラス〉の事務室のソファで絵本を眺めている珠実の方へ目をやった。

「いいえ、ちっとも」

と、長谷部仁美は言った。「車の前に飛び込むなんて……」

「この間の人よ。近くの甘味屋さんで……」

仁美は目を丸くして、

「ああ！　そうでしたっけ。――どこかで見た人だと思った！」

と、応接室の方へ目を向けた。「じゃ、あのことが原因で？」

「詳しくは聞いてないけど、そうかもしれないわね」

仁美は眉をひそめて、

「でも人の車にはねられようなんて。その車を運転してる人には迷惑ですよね」

「何でもなかったんだから」

と、爽香は言った。「お姉さんに連絡取ったわ。すぐ迎えに来てくれるって。それまでいい？」

「ええ、もちろんです。爽香さん、今日はお休みなんでしょ？　後は私が引き受けてもいいですよ」

「いいの。高須先生の授業、もうじき終るでしょ？　綾香ちゃんにも会いたいし」

そのとき、受付の窓口で、

「すみません、杉原さんという方は」

という女性の声がした。

「私です。石谷さんですか」

「はい！　妹がこちらに……」

「どうぞ、お入り下さい」

爽香は仁美に案内させた。――姉妹だけにした方がいいと思ったのだ。

すると、

「失礼ですが」

男が窓口から覗き込んでいる。「杉原爽香さんですか」

「私ですが……」

「やっぱり。〈S文化〉の仕事を手がけておられるとうかがっていたので。お電話した瀬沼です、〈B工業〉の」

今度は爽香がびっくりする番だった。

10　責任

「高品君が……。そうですか」

と、瀬沼は肯いた。

「心配しておられましたよ」

と、爽香は言った。「それに——お宅に帰っておられないんですか？」

「それもご存知ですか」

と、瀬沼は苦笑した。

「高品さんから、何度かお電話があって」

瀬沼は、〈S文化〉の事務室の前のスペースで爽香と話していた。

「あの女性は——」

「石谷由衣といって、たまたま家の近所にいる女性です。偶然のことで知り合って」

「あれが妹さんなんですね」

「由加さんといったかな。妹は中河原という姓だそうですが。——杉原さんに助けられるとは、妙なご縁ですね」

「瀬沼さん。高品さんとご家族に連絡してあげて下さい。逃げていても事態は良くなりません」

「分っています。ただ——家内は私がクビになったことで興奮していまして。冷静に話ができないんです。私も、このままでいいとは思っていません。妻と子のために、次の仕事を見付けなくては、と思っています。でも、それには一旦過去の自分を断ち切らなくては。そのために時間が欲しいんです」

爽香は瀬沼をじっと見て、

「私におっしゃっても仕方ないんです。そのお気持を奥さんにお話しにならないと」

「ええ、全くです。ですが、今は向うが私の顔を見ると怒って来るでしょう。目に見えているので……」

「そんなことはありませんよ。人間、何時間も怒り続けることはできません。しばらくたてば奥さんも落ちつきます。それからじっくりお話しになれば」

「はあ……」

「多少の爆発は我慢しなきゃいけませんよ。ご夫婦なんですから」

と、爽香は言った。「奥さんにしてみれば、突然収入が全く無くなったわけですから、少しぐらい取り乱すのは当たり前ですよ」

「まあ、確かに……」

「それとも——あの石谷さんと暮すおつもりなんですか」

「いや、そういうわけじゃありません！」

と、瀬沼は首を振って、「私と彼女は別にそういう関係では……」

「でしたら、お家へ帰られて下さい。奥さんが怒っているのも、あなたのことを心配しているからですよ。いなくなっても怒りもしないより、ずっといいじゃありませんか」

瀬沼は頭をかいて、

「そう言われると誠に……」

と、口の中でモゴモゴと言った。

すると、クスッと笑う声がして、

「——あら、綾香ちゃん」

と、爽香は振り向くと、「もう済んだの？」

「うん。今、高須先生、こっちへ来る。教室出ようとして、生徒さんに捕まってるの」

と、綾香は本を抱えて言った。

「何を笑ってるの？」

と、爽香が訊くと、

「爽香おばちゃん、人にお説教してるとき、凄く活き活きしてるな、と思って」

綾香の思いがけない言葉に、爽香は何とも言えなかった。

そして、動物園のことで苛立ち、落ち込んでいた自分が、いつの間にかいつもの元気を取り戻していることに気が付いた。

「――綾香ちゃんの言う通りね」

と、我ながら呆れて、「人に意見できる立場じゃないのに……」

と呟いていた。


「明日にして、明日に！」

と、久保坂あやめは大声で言った。「今日はチーフと連絡取れないの。明日には出て来るから！」

同じセリフを、今日何回言ったことか。

ともかく、相手が何と言おうと、今日一日は爽香をゆっくり休ませたかった。それが部下としての責任だ。

終業の時間が近付いていた。

まあ、それほどの緊急の用件もなく一日は終りそうだ。あやめはホッとした。

「あ、そうだ」

自分の仕事で、メールを一つ、返信しておくのを忘れていた。

「あーあ……」

伸びをして、あやめは席を立つと、オフィスからエレベーターホールへと出た。ホールの傍に、コーヒーの自動販売機がある。紙コップではあるが、そう悪い味でもなかった。

ミルクを多めに入れたコーヒーを、その場で一口二口飲んでいると、エレベーターから誰か降りて来た。

コツコツ、と床を突く音。——あやめが振り向くと、ステッキを突いた、かなりの年輩の紳士が、左右へ目をやっている。

あやめは紙コップを手にしたまま、

「ご用でしょうか」

と、声をかけた。

「あなたは〈G興産〉の方かね？」

と、その老紳士は言った。

「そうです」

「ここに、杉原爽香という人がおいでかな」

「はあ……。杉原は社員ですが……。今日は休みを取っておりまして」

「休み。そうかね」

「あの——私は杉原の部下ですが、何か代りに承《うけたまわ》りましょうか」

「ああ、そうですか。杉原さんの部下」

と、老紳士は肯いて、「私は堀口という者です」

「堀口様ですね」

と、頭に入れて、「杉原にどういうご用でしょう」

「いや、改めて出直しましょう」

と、堀口という紳士は言った。

「何かお伝えすることでも――」

「私は画家で、リン・山崎氏の知人、とお伝え下さい」

「山崎さんの……。そうですか」

「また伺います」

と、堀口は微笑んで言った。

エレベーターに姿を消すとき、その老紳士は、あやめの方に小さく会釈した。あやめはあわてて、

「どうも……」

と返したが、「――誰だろ?」

ただ者でない風格のようなものを感じて、あやめはしばらくその場に立ち尽くしていた……。

午前一時になっていた。

「——何だ」

居間へ入って来た中河原均《ひとし》は、ソファに由衣が座っているのを見て言った。「珍しいじゃないか」

「相変らず夜遊び？　もう七十過ぎてんだから、いい加減おとなしくしなさいよ」

と、由衣は言った。

「七十過ぎだからこそ、だ。引っ込んで枯れちまうのなんか、ごめんだよ」

中河原はコートをソファの背に投げると、「こんな時間にどうした？　由加は？」

「寝たわ」

「そうか。——何か話でもあるのか」

中河原はソファに身を沈めて息をついた。

「呑気《のんき》ね。——由加を一人にしておけないから、お父さんの帰るのを待ってたのよ」

「何かあったのか」

「死のうとしたの」

さすがに、中河原も一気に酔いがさめたようだった。

「由加が？」

「妻子のいる男と付合って、結局捨てられてね。何も気付かなかった?」

「年上の男と結婚したがってることは分ってたが……。家族持ちかもしれないとも思っていた。直接訊いたことはなかったがな」

「由加はかなり思い詰めてたのよ。車の前に飛び出したの。幸い車が寸前で停ってくれて助かったけど」

「そうだったのか……。悪かった。もう少し注意しとくべきだったな」

中河原はネクタイをむしり取るように外した。

「車の方が、由加についてて下さったの。お父さんからもお礼しといて」

「ああ、もちろんだ。名前は訊いたのか」

「メモしたわ」

と、由衣は紙片を渡して、「杉原爽香さん。〈G興産〉の社員で、優秀な管理職よ」

「分った。そこはきちんと礼をする」

中河原はメモをテーブルに置くと、「由衣、今夜は泊って行ってくれないか。由加も安心だろうし」

「うん、そのつもり」

「そうか。——ありがとう」

中河原は少し間を置いて、「——何という男だ、由加を捨てたっていうのは」

「内海――修一っていったわ。初めっから、遊びだったのよ。私、由加を連れて温泉にでも行こうかと思うけど」

「それがいい。連れてってやれ。金は出す」

「当然よね」

と、由衣は言った。「私も少し仕事を休まなきゃいけないし、その損の分も出してくれる？」

中河原は、由衣の口調に含まれた意味に気付いたようだ。

「――分った。いくらになるか請求しろ」

と苦笑した。「おい、内海といったか？」

「ええ」

「『内側』の『海』と書くのか？」

「知ってるの？」

「仕事の相手だ。――家にも二、三度来たことがある。由加も挨拶《あいさつ》した」

「じゃ、それがきっかけ？」

「そうだろうな……。どうってことのない中年男だ」

「恋すれば光り輝いて見えるのよ」

「あいつか！　――思いもしなかった」

「これからも付合いがあるの?」

「図々《ずうずう》しい奴だ! 涼しい顔で……。何か言ったか?」

「これからまた会うことあるの?」

「いや、もうその仕事は終った。——それに、内海はただの使い走りだからな」

「由加の前で話に出さないでね。内海のこと」

「分ってる」

「じゃ、私……。由加の様子を見て来る。それからシャワーだけ浴びて寝るわ」

「ああ。——すまなかった」

「珍しいこと言わないで」

と、由衣は微笑んで、居間を出て行った。

中河原は一人になると、険《けわ》しい表情になって、ケータイを取り出した。

「——もしもし、中河原だ」

「あら珍しい」

少し酔った口調の女の声。「こんな時間にどうしたの?」

「たぶん半年くらい前、そこへ連れて行った内海って男を憶えているか?」

「ああ、『内』の『海』って書く? あの後二、三度みえたわよ」

「そうか。——誰か、店の子で親しいのはいるか」

「どうだったかしら……。ああ、マミちゃんがお気に入りで、たいてい指名してらしたわ、確か。どうかしたの？」

「内海のことを、できるだけ詳しく調べ上げてくれ。金は払う」

「あら、それじゃ――」

「むろん、当人に気付かれるな。弱みか秘密をつかみたい」

「何ごと？　怖いわね」

「恨まれるようなことさえしなければ、怖かないさ」

「事情がありそうね。いいわ、マミちゃんに訊いとく」

「連絡してくれ。頼むぞ」

通話を切ると、中河原はケータイについた汗を拭った。

「思い知らせてやる……」

中河原の暗い眼差しは、娘たちの前では見せないものだった。

11　怪しい影

「今日は無口ね」

と、爽香は言った。

「え？」

山崎は、一瞬ポカンとした様子で爽香を見ると、「あ、ごめん！　何か言った？」

「いえ、今日は無口だと思って……」

爽香がくり返すまでもなく、山崎は自分が何を聞いたか分っていた。

「うん……。今、忙しくてね」

「じゃ、わざわざ私のために……」

「君と食事するのは、元気をもらえるからだよ」

と、山崎は言って、ワインのグラスを取った。

「個展は大成功で、良かったわね」

「ああ、来てくれて嬉しかったよ」

「こっちも義理で行ってるわけじゃないわ。楽しかった。みんなにも、見に行って、とは頼んでない」

「おかげさまで、人の入りも良くてね」

もともと一般の画廊で個展を開くには、山崎はすでに成功し過ぎていた。

「――そういえば」

と、爽香は食事しながら、「個展のとき、前にレストランでお会いした……。遠藤さんっていったかしら」

「うん、遠藤弘太郎さんのことだね」

「そうそう。あの人が、私のことをいやにジロジロ眺めてから、一緒に来ていた人へ何か耳打ちしてた。あれって、きっと私のことだわ」

「そう？　あの人はゴシップ好きだからね」

と、山崎は言った。

もちろん分っている。遠藤は、あの絵のモデルの爽香を見て、連れに話したのだ。

山崎は、遠藤がたまたま画廊で一緒になった爽香に何か話しかけるのではないかと気が気でなかった。

気の重いまま、こうして山崎は爽香と会っている。――今夜は山崎自身が用事もあり、あまりゆっくりはしていられないのだが、それでも、つい会話が途切れがちになるのは、まだ爽香に、あの絵を出品すると話していないからだった。

本当なら個展に出すべきだったろう。しかし、堀口から、

「小さな画廊で見せてはいけないよ」

と言われ、爽香に話すのを先に延ばせることもあって、出すのを取り止めた。

秋の美術界最大の話題になる展覧会〈N展〉に出品することが決っていた。イベントとしてのスケールから言って、小さな画廊での個展とは比べものにならない。

そこへ、あの爽香の裸婦を出す。

遠藤が方々で話しているので、画家仲間では、あの絵は「幻の名画」になりつつあった。

堀口から、

「あれは特に話題性がある。インタビューも多いと覚悟しておいた方がいいよ」

と言われていた。

遠藤は今でも、

「モデルの女を会見に連れて来いよ」

と言っているが、山崎は拒否していた。

何と言えばいいのだろう……。

「――ね、山崎君」

爽香が、ふと思い出したように食事の手を止めて、「画家で、堀口って人、知ってる?」

山崎はドキリとした。ちょうど堀口のことを思い出していたからだ。

「堀口？」

「うん。相当なお年齢《とし》みたいだったって」

「堀口豊さんだろう。画壇の長老だよ。どうして？」

なぜ爽香が堀口のことを知っているのだろう。

「私の休みのとき、会社に訪ねて来たんだって。部下の久保坂さんがお会いして、ご用は、って伺ったけど、何も言わずに帰られたんですって」

〈G興産〉の杉原爽香。――確かに、堀口に訊《き》かれて、山崎は口にした。しかし、堀口は聞いて肯いただけで、特にメモもしなかったのだが。

堀口は一体何しに行ったのだろう？

「何か心当りある？」

爽香に訊かれて、山崎は今話さなければ、と思った。ここでごまかせば、それこそ後で爽香に信じてもらえなくなる。

「実は――」

と言いかけたとき、山崎のケータイが鳴った。「ごめん」

席を立って、レストランの出入口の方へ出た。ケータイに出ると、今夜の仕事の件の連絡だった。

「——今からすぐ？　——そうですか。分りました。——いや、大丈夫」

山崎は通話を切ると、急いで席に戻った。

「どうしたの？」

「ごめん。仕事の打合せが、相手の都合で急に早くなって。先に失礼するよ」

「じゃ、私も——」

「いいんだ。ゆっくり食べてくれ。すまないね」

山崎はウエイターを呼んで、会計を済ませると、「それじゃ……。また連絡するよ」

と、手を差し出した。

爽香と握手して、山崎は足早にレストランを出た……。


何だか変ね。

爽香は首をかしげた。いつもの山崎らしくない。

一人で食べていても仕方ない。——早いところ切り上げて、帰ることにしよう。

「すみません。もう出ますので……」

「デザートのご用意ができておりますが」

と言われて、

「それは……」

「特に山崎様からご依頼のあった、特別製のデザートでございます」

そう言われると——甘いものは嫌いでない。

「じゃ、いただきます」

と、つい言っている爽香だった。

太っちゃう！　——このところ、スカートがきつくなりつつある。

「あの——コーヒーも一緒に」

と、頼む。

そのとき床を突く、コツコツという音がして、

「杉原爽香さんだね」

顔を上げた爽香は、

「——堀口さん、でいらっしゃいますか？」

「堀口豊という絵描きです。——ご一緒してもよろしいか？」

風格のある老人だ、と爽香は思った。

「どうぞ」

と、爽香は言った。

「よく私のことが分りましたな」

「ステッキの音で。〈G興産〉へおいでになったとき、応対させていただいた者が話してく

れました」

「しっかりした、いいお嬢さんでしたな」

「ありがとうございます」

堀口は、ウエイターを呼んで、

「コーヒーをここへ」

と頼むと、「今まで山崎君と」

「はい。ご存じだったのですか？」

「このレストランを予約したと知ったので、私も少し遅れて来ました。ただ、目につかない所に、席を用意してもらったが」

爽香の前にデザートの皿が置かれた。

「どうぞ遠慮なく召し上って下さい」

と、堀口が言った。「私はもう甘いものに胸をときめかせる年齢ではなくなったのでね」

「じゃ、失礼して……」

爽香は、確かに手のこんだデザートを食べながら、「私にどんなご用だったんでしょう？」

「山崎君は何も話していないようですな」

「――といいますと？」

「山崎君は、豊かな才能の持主です。おそらく、自分が思っている以上にね」

「そうですか」

「なまじ人気があるので、画壇では評価が高くない。しかし、評論家がほめただけでは、作品は残って行かない。結局は、人々に愛されるかどうかです」

「はあ……」

「山崎君の絵には、大衆の心をつかむ力がある。そう思いませんか」

「それはもう……。私も、関係しているカルチャースクールのパンフレットに、山崎さんの絵を使わせてもらっていますが、とても好評です」

「よく分っていただいているようだ。それなら、ぜひ理解してやって下さい。山崎君があなたの絵を発表することを」

「私の絵?」

爽香は問い返して、やっと分った。

爽香の顔から、見る見る血の気がひいた。

「――ご覧になったんですか」

と訊く爽香の声はかすれていた。

「ええ。――山崎君は、あなたとの約束がある、と言って拒みましたが、あれを見た者すべてが、あれは傑作だと評していますよ」

「見た人すべて……。では、他の方たちも?」

「遠藤君が、たまたま山崎君のアトリエで目にして、私に話してくれました。それで私もぜひに、と頼んで見せてもらったのです」

「そうですか……」

爽香の表情は硬かった。

遠藤が、爽香を好奇の目で見ていた理由が分った。

「ですが――」

と言いかけて、爽香は自分が何を言いたいのか、うまくまとまらず、口をつぐんだ。

何か――何か言わなくては。黙っていては、あの絵が人目にさらされるのを認めてしまうことになる。

焦《あせ》りながら、爽香は何とか呼吸を整えて、

「ですが……なぜ個展には出していなかったのでしょう」

と言った。

「それは私が止めたのです」

「止めた？」

「あの絵を公開する場は、それにふさわしいものでなくては。私はこの秋の〈N展〉まで待て、と言いました」

「それって……。私は絵の世界に詳しくありませんが、とても大きな展覧会ですね」

「そうです。この一年の日本の美術界を展望する展覧会です」

と、堀口は肯いて、「あの絵は、正《まさ》にその場にふさわしい」

「おっしゃることは分ります。でも――もちろん、あの絵を見る人たちが私のことを知っているわけではありませんし、いちいちモデルが誰か知りたがるとも思えませんが。ただ私にとっては……。私には夫も娘もいます。夫は何も知らないんです」

「確かに、マスコミが、あの絵のモデルを知りたがり、あなたを多少煩《わずら》わすこともあるかもしれない。しかし、そこは山崎君との友情に免じて、辛抱していただきたい」

堀口の言葉はていねいだが、口調には無意識にせよ尊大さが感じられた。

自分の言うことに反対する人間など、いるわけがない。――堀口の、コーヒーを飲む様子はそう言っていた。

「もう……」

と、爽香は言った。「もう……決ったことなんですね。今さら、やめることはできないんですね」

「そうです。山崎君を責めないで下さい。彼はあなたに対して申し訳ないと思っているのです」

「そうですか……」

爽香は力なく言った。

デザートが、まだ三分の一ほど残っていた。手が自然に動いて、スプーンを口へ持って行く。

甘さが、口の中に広がる。その甘味が、爽香の胸にしみた。

爽香自身、気付かない内に、涙が一粒、頰を滑り落ちて行った。

「怒ったんですか」

と、堀口が訊いた。

「いえ……。何でもありません」

爽香は急いでハンカチを取り出すと、涙を拭って、「ただ――山崎君が直接言ってくれなかったことが、残念で」

堀口は何も言わず、じっと爽香を見つめていた。

爽香は深く息をつくと、

「お話は確かに伺いました」

と言った。「私がどう思うかは訊かないで下さい。どう思っても、事態は変らないんですから」

「分りました」

と、堀口は肯いた。

爽香は店の人間を呼ぶと、

「私の分はおいくらですか」

と訊いた。

「あの――山崎様がもうお払いになっていますが」

と、蝶ネクタイの男性は戸惑っている。

「ええ、分ってます。でも、今夜の分は、山崎さんに払っていただくわけにいかないんです」

「そうおっしゃられましても……」

「山崎さんはよくここを使うんでしょう？　でしたら、私の払った分を返してあげて下さい」

「いや、そういうことはどうも……」

「私が預かりましょう」

と、堀口が言った。「今度山崎君に会うとき、必ず渡します」

「ありがとうございます。それでは、お言葉に甘えて……」

爽香は、山崎が払って行った額のちょうど半分を財布から出して、店の封筒をもらい、中に入れた。

「では、よろしく」

と、爽香は堀口の前に封筒を置いた。

「確かにお預かりします」

堀口は封筒を手に取って、上着の内ポケットへ入れた。

爽香は立ち上って、

「失礼いたします」

と、一礼した。

——堀口は、レストランを出て行く爽香を見送りながら、上着の上から、封筒の入ったポケットをそっと押えた。

「みごとだ」

と、堀口は呟いた。

堀口の中で、何か動くものがあった。封筒の感触を確かめる度に、そこから何か暗い影が広がって行くようだ。

それは、堀口が遠い昔に失ったと思っていた「何か」だった……。

12 恨みの方向

「待たせたね」

中河原がやって来たのは、約束の時間を十分ほど過ぎたところだった。

「いいえ」

フワッとした印象の丸顔の女の子。ホステスにしては化粧などが素人《しろうと》風で、二十七歳には見えない。

「何でも飲んでろっておっしゃったんで、勝手にやってますけど」

と、マミはグラスを手にして、「でもさすがにホテルって高いですね！　うちの何倍するか……」

「場所代さ」

と、中河原はソファに寛《くつろ》いで、「秘密の話ができるしね、ここなら」

「あの……」

と、マミは少し不安げに、「ママから何も聞いてないんですけど、内海さんのことで何か……」

「たいてい君を指名するらしいね」

「ええ。でも、三回くらいですけど、まだ」

「そう金もないんだろうな」

「そうですね。食事しようよ、って言ってくれるけど、連れてってもらったことない」

「メールアドレスとか、知ってるか？」

「ええ」

「じゃ、今夜ぜひ来て、とメールしてくれ」

「来るかどうか……」

「君の誕生日だ」

マミは目をパチクリさせて、

「私、一月生れですけど」

「今日ってことにしとけばいい。顔が見たいと言ってやれ。きっと何か安いプレゼントを買って来る」

「それで……どうすればいいんですか？」

「内海を破滅させる」

中河原の言葉に、マミは唖然《あぜん》とした。

「破滅って……」

「二度と立ち直れないように」

「そんなこと……」

「引き受けてくれたら、詳しく話す」

「だけど……」

ためらっているマミの前に、中河原は上着の内ポケットから封筒を取り出して置いた。

「君への謝礼だ」

マミは封筒を手にして表情が変った。——分厚い！

取り出して、目を疑った。

「——ちゃんと束《たば》のまま持って来た。百万円の札束だ。見たことあるか？」

マミは黙って首を振った。声が出ない。

「これは前金だ。うまくやってくれたら、後でこの札束をもう一つ渡す」

マミは夢ではないと確かめるように、プルプルッと頭を振った。

「——何をすればいいんですか？」

マミの問いに、中河原は微笑んで、

「何でもやってくれるか？」

「何でもやります！」

マミは即座に答えた。

そんなに余裕があるわけではなかった。

しかし、今の内海には、マミからのメールに飛びつく条件が揃っていた。

仕事の不満がたまっていた。上司が替って、少しは自分の仕事が認められるかと思ったのに、逆に無視されることが多くなった。

「面白くねえ……」

残業するほどの仕事が与えられなくなっていた。――リストラされるのか？　その恐怖が、かなり現実的なものになりつつあった。

といって、五時に会社を出て帰宅しても、妻はいい顔をしない。中河原由加との付合いを察していた妻は、冷ややかだった。

その由加とも別れて、今は連絡も取れない。――実際、内海はあの後、由加にメールしたりしたのだが、アドレスが変っていて、届かなかったのである。

我ながら、少々情ない話だとは思った……。

パソコンに向って、仕事する気にもなれず、ゲームの画面を眺めていると、ケータイにメールが来た。

すぐに見ると、

〈修一さん！

どうして最近来てくれないの？　マミはとってもとっても寂しい！

今日、私の誕生日なの！　絶対に来てちょうだい！

〈K〉のマミ　〉


マミか……。そう、素人くさいところがあって、可愛《かわい》い奴だ。

今、内海は誰かに頼られ、甘えられることを、正に求めていた。即座に、〈今夜行くよ！〉と返信した。

財布の中身はいささか心細かったが、まあ月給日でいいだろう。

現金なもので、内海は急にやる気が出て来て、パソコンの画面を〈仕事モード〉に切り換えたのだった……。


高品沙苗は少しホッとしていた。

喫茶店で待ち合せていた瀬沼の様子が、それほど変っていなかったからだ。

「すみません、お待たせして」

と、沙苗は席について、「お元気そうですね」

「何しろ、睡眠だけはたっぷり取ってるんでね」

と、瀬沼は苦笑した。「君こそ仕事中に大丈夫だったのか？」

「ええ、外出届も出して来ました。このところうるさくて」

「外出先は？」

「〈クレーム処理〉です」

「なるほど」

と、瀬沼は笑った。

「ミルクティー」

と注文しておいて、「これ……。一応お願いはしてあるので、連絡してみて下さい」

沙苗は、名刺のコピーを瀬沼へ渡した。

「すまない」

「もちろん、ご返事はいただいてません。どこも今は厳しくて」

「分ってるよ。ああ、この友成《ともなり》さんはよく憶えてる。たぶんあちらも憶えてくれてるだろう」

瀬沼はコーヒーをもう一杯頼んだ。

「――瀬沼さん、まだお宅には？」

と、沙苗が訊くと、瀬沼はちょっと目を伏せた。

「プライベートなことですから、私が口出しすることじゃないと思いますが……」

「いや、僕も悪いとは思ってる」

と、瀬沼は言った。「しかし、一日延びる度に、ますます帰り辛《づら》くなってね」

「奥様は何も？」

「時々電話は来るよ。卓也のこととかね」

瀬沼は失業の状態が続いていた。

高品沙苗が、こうして一生懸命瀬沼の再就職先を捜してくれるのを、申し訳なくも思っていた。

「ともかく、次の仕事が決ってからでないと、とても帰れない」

「まだあの女性の所にいるんですか？」

「まあ……他に行く所もなくてね」

瀬沼は何となく成り行きで、石谷由衣のマンションに泊まるようになっていた。

「だけど、ちゃんと別々に寝てるよ。居間のソファを借りて」

「私に言いわけしないで下さい」

と、沙苗は少し照れて言った。

「そうだな。——すまない」

と、瀬沼は言った。「あの女性は、中河原均って実業家の娘なんだ。自分で仕事はしているが、どこかおっとりしている」

「いつまでも甘えない方がいいですよ」

「うん。分ってる」

「すみません。説教するようなこと言って」

「いや、いいんだ。ちゃんと言ってもらった方が」

と、瀬沼は肯いて、「失業して、改めて仕事があるってことのありがたさが分ったよ」

「まだ瀬沼さん、若いんだから。大丈夫です。やり直せますよ」

「ありがとう」

瀬沼は微笑んだ。「会社の方はどう？　変りはないかい」
五、六分雑談して、
「――じゃ、私、もう行きます」

と、沙苗は立ち上った。

「わざわざ悪かったね」

「いいえ。じゃ、また」

と、沙苗が伝票を取る。

「ここは僕が――」

「大丈夫。会社からもらいます」

と、笑顔で言って、沙苗は支払いをすると店を足早に出て行った。

瀬沼は、沙苗からもらったコピーを眺めていたが……。

向いの席に、由加が座った。

「話、聞こえたかい？」

と、瀬沼は訊いた。

「ええ、聞いてたわ」

と、由加は肯いて、「あの人、あなたのことが好きなのね」

「高品君が？　まさか……」

「分るわよ。女ですもの」

と、由加は言った。「恋してるときは、なおさら分るわ」

「ねえ、由加君――」

「〈君〉はよしてよ。学校の先生じゃあるまいし」

「しかし、君の姉さんの前で『由加』って呼んだら、まずいだろ」

「そうね。――あなたが独身になってくれたら」

「それは……」

「分ってる。あなたは内海とは違う。でも、奥さんも子供もいるっていう点は同じね」

由加が、車に飛び込もうとして助かったとき、瀬沼は由衣と共に駆けつけた。

その後、由衣は由加と旅に出ることになった。

「費用は父が出すの。一緒に行ってくれない？」

と、瀬沼に頼んで来たのである。「私一人じゃ、ずっと由加を見ていられないし、まだあの子の気持は不安定だから心配で」

荷物持ちぐらいなら、と瀬沼は引き受けた。

むろん、姉妹と別に隣の部屋を取り、温泉でのんびり過した。

レンタカーを運転して、ドライブのお供もした。

傷心の由加の気持は、いつの間にか穏やかで優しい瀬沼へと傾いて行ったのだ。由衣も、それには全く気付いていなかった。

旅行から戻った後、瀬沼は由加に呼び出されて外で会い、その気持を知って啞然とした。

一時の迷いだ。さし当り、手近な瀬沼に近付いて、前の男を忘れようとしたのだ、と思った。

しかし——果してどうなのか。今は瀬沼も判断がつきかねている。

「その話、うまく行くといいわね」

と、由加は言った。「でも——きっとだめよ」

「どうして？」

「だめな方がいい。こうして昼間、会えるんだもの」

瀬沼は何とも言いようがなかった。

「あなたを困らせるのが大好き」

と、由加はいたずらっぽく笑って、「出ましょうよ」

高品沙苗は、喫茶店から瀬沼が出て来るのを見ていた。

若い女が、瀬沼の腕にしがみつくようにして一緒に出て来た。

沙苗は、店の中で自分の方へチラチラ向けられている視線に気付いていた。出るときにさりげなく見ると、その女性は瀬沼を見ていた。

だから、先に出て、少し離れた場所から見張っていたのだ。

瀬沼たちは、笑い合いながら歩いて行く。

沙苗の胸が痛んだ。

私がこんなに心配しているのに。——奥さんの所へ戻るのならいい。でも、あの女は……。

女が手を上げてタクシーを停めた。二人で乗り込むと、タクシーは走り去った。

沙苗は、しばらくそこに立っていた。

もし瀬沼に好きな女ができたのなら、それはそれでいいが……。

ケータイが鳴って、沙苗はハッとした。

「——もしもし。——はい、もう片付きましたから、これから社へ戻ります」

早口にそう言って、通話を切ると、沙苗は深くため息をついた。

13　小さな罪

「じゃあね！」

マミは手を振った。「また来てね！」

内海がタクシーの中から手を振る。

マミはそのタクシーが見えなくなるまで、北風をこらえて見送っていた。

「――ああ、寒い」

バー〈K〉の中へ戻ると、「冷え切っちゃった！」

ちょうど他の客も帰って、〈K〉の中は空っぽになっていた。

「マミちゃん」

と、カネ代《よ》が言った。

「なあに、ママ？」

「このところ、内海さん、よく来るわね」

「そうね。仕事が暇みたい」

と、マミは言った。

「大丈夫？　結構な金額になってるでしょ」

「大丈夫よ。そう馬鹿する人じゃないわ」

「そうかしら？　あのタイプは危いわよ。見栄っ張りで」

カネ代はカウンターに肘《ひじ》をついて、「中河原さんから何を頼まれたの？」

と言った。

マミはちょっと笑みを浮かべて、

「それは秘密。中河原さんとの約束だもん」

「まあ、それならそれでいいけど……」

と、カネ代は肩をすくめて、「危いことはやめなさいよ」

「うん」

マミは時計を見て、「ね、今日はもういい？」

「そうね。この時間じゃ……。どこか行く所でもあるの？」

「うーん……。ちょっとね」

と、マミは意味ありげに言った。

「何よ、デート？」

「そう言えなくもない、かな」

「マミちゃん――まさか内海さんと会うんじゃないわよね」

「まさか」

と、マミは笑って、「だったら、わざわざタクシーに乗せて帰さないわよ」

「それなら……」

カネ代はビールの残りを飲んで、「――まさか中河原さんと？　そうなの？」

マミはそれに答えず、

「それじゃお先に」

と、さっさとコートとバッグを取って来ると、〈K〉を出て行ってしまった。

「お疲れ……」

と言いかけて、カネ代は馬鹿らしくなってやめた。

あの子なんか、ちっとも「疲れ」ちゃいないだろう。そんなに働いていない。

ちょっと素人ぽくて可愛い。それだけでマミを目当てに来る男がいるのだ。

カネ代は店内を見回した。多い時は四人の女の子を使っていたが、今、実は〈K〉にはカネ代とマミしかいない。

景気が良かったころに貯めた金で何とかやりくりしていたが、それももう限界だ。

「マミったら……」

中河原は、この店の大切な客である。払いもいいし、客を連れて来てくれるのだ。

あの中河原がマミと？　――カネ代は面白くなかった。

マミはお金でしか動かない。ということは、中河原にかなりもらっているのだろう。

マミに何をさせるつもりなのか分らないが、カネ代としては、つい、

「あんな子に何ができるっていうの？　私に頼んでくれればいいのに！」

と、口に出して言ってしまうのだった。

だが、そのグチを言い終らない内に店のドアが開いた。

いらっしゃいませ、という言葉を、カネ代は呑《の》み込んでしまった。当の中河原が入って来たのだ。

「何だ、もう閉《し》めるのか？」

と、中河原が言った。

「――いいえ！　どうぞどうぞ」

カネ代はあわてて言うと、カウンターから出た。「ちょうどお客様が帰られて、一息ついたところでしたの」

中河原は店の奥の小さなテーブルにつくと、

「パーティで大分飲んで来たんだ。お茶をいれてくれないか」

中河原はネクタイを緩《ゆる》めて、ワイシャツの一番上のボタンを外した。

「ええ、もちろん。お煎茶でいいですか？　そんなに高級な葉じゃありませんけど」

「いいよ、粉っぽくなけりゃ」

カネ代は急いで湯を沸かした。少しさまさなくては、日本茶はいれられない。

「マミは帰りました」

と、カネ代は言った。「ご用でした?」

「そうか。——いや、別にいい」

「そうですか」

では、マミは誰と会っているのだろう?

「——マミちゃん、お役に立ってます?」

と、カネ代はさりげなく訊いた。

「役に立つのはこれからさ」

「そうですか」

お茶をいれて持って行く。

「——ありがとう。——うん、いい熱さだ。日本茶は旨いな」

中河原はそう言ってから、口元に笑みを浮かべると、「マミに何をやらせてるか、知りたいんだろう」

「そりゃあ……。私にだって好奇心ってものがありますからね」

「当然だな。内海は来てるだろ?」

「今夜もいましたよ、さっきまで」

「そうか」

カネ代は我慢できなくなって、

「一体何をしようっていうんです？　私にだって教えて下さってもいいじゃありませんか」

と、中河原へすり寄った。

「マミは、内海に『温泉に連れてって』と甘えてる。内海は家に『出張だ』と嘘をついて、マミと浮気旅行だ」

「マミちゃんがそこまで？」

「やるとも。礼は充分にしている」

「――そうですか。じゃ、こんなおばさんじゃだめね」

と、カネ代は肩をすくめて、「一杯いただいても？」

「何でも飲め」

カネ代はカウンターに行って、ウイスキーをグラスに注《そそ》いだ。

「内海には、マミを温泉に連れて行くような金はない」

と、中河原は言った。「入るあてもないはずだ。奴はギャンブルで借金を作っている」

「じゃ、うちの払いも？」

「何のかのと引き延ばすだろう。じき、泥沼にはまる」

「会社をクビに？」

「それだけじゃ済まないさ。マミがうまくやってくれればな」

と、中河原は言った。


「何よ、そんな不機嫌な顔して」

と、マミは言って、ベッドの中で彼の肌に体をすり寄せた。

「だってさ……」

うつ伏せになって、タバコに火を点《つ》けながら、その若者は言った。「お前、そいつと温泉に行くんだろ？」

「うん」

「じゃあ……奴と寝るんだろ」

「仕方ないじゃない。仕事だもん。お金になるのよ。お金がいるんでしょ、健太《けんた》だって」

「そりゃそうだけど……」

「妬《や》いてる？　可愛い」

と、マミは笑って、その若者の頰《ほお》にキスした。

「よせよ」

と、顔をしかめても、本気でいやがってはいない。

「心配しないで。うんと酔わせて、アッサリ終らせるからさ」

マミは伸びをした。

ホテルの一室で、二人は寄り添っていた。

「――中河原さんからお金もらってなかったら、このホテル代だって出なかったんだよ」

「分ってるよ、言われなくたって」

マミより一つ年下の健太は、細く、引締まった体をしている。しかし、下腹の辺りには、二十代半ばにしては少したるみがあって、不健康な生活をしていることが分る。

しかし、マミはあえてそこには目を向けなかった。

「ちゃんと仕事が終れば、中河原さんからあと百万もらえるのよ」

「百万か……。そういう奴にしてみりゃ、大した金じゃないんだろうな」

「たぶんね。何て言うの、あの帯のかかった札束見たときはゾクッとしたわ」

「少し値上げしたらどうだ？」

「値上げ？」

「その中河原って奴にさ、もう少し高くしてくれって言うのさ」

「だめよ」

マミは真顔になって、「変に欲出したら、元も子もなくなる」

「遠慮深いんだな」

と、健太は笑った。

しかし、マミは笑わなかった。

「私のお父さんは、友だちに誘われて投資話に乗ったの。初めは順調に儲《もう》かってた。でも、もうやめようって友だちの言葉を聞かないで、深みにはまったの」

「大損か」

「お母さんも私も知らない内に、家や土地まで借金の抵当に入ってた。お父さんは行方くらまして、私とお母さんは家を追い出され……。お父さんは半年後に山の中で見付かった。

――見分けがつかなかった。服とポケットの財布で、分っただけ」

マミはじっと天井を見上げていた。「欲を出しちゃだめよ。身を滅ぼすわ」

「なるほどな。――分った。冗談だよ」

健太はマミを抱き寄せた。

「お腹《なか》空いた？」

「ああ」

「じゃ、出て何か食べようか。少しはぜいたくしてもいいよ」

「いいな。焼肉、思い切り食いたい」

「じゃ、シャワー浴びて来るわ」

マミはベッドから出ると、バスルームへ入って行った。

「――身を滅ぼす、か」

と、健太は呟いた。

友永《ともなが》健太は二十六歳になっていた。まともな職についたことはない。

いつも、誰かしら女がやって来て、

「好きにしてていいわよ」

と言ってくれた。

しかし――健太も分っていた。こんな生活があと何年続けられるか……。

少しまとまった金があれば……。何をするのか、さっぱり分っていなかったのだが、それでも、「何をするにもまず金」だということは分っていた……。

「中河原か。――ものは試しだ」

健太は起き出すと、バスルームからシャワーの音がしているのを聞いて、マミのバッグを開け、中からケータイを取り出した。

アドレス帳を見て、〈中河原〉のケータイ番号を手早くメモした。

元通りにして、ベッドに戻る。

中河原が何を考えているのか。――マミの話を聞くだけでも、まともなことでないのは分る。

それを黙っている代りに、少々の金を要求するぐらい、どうってことはないだろう。

「そうさ」

俺は何も悪いことに手を出そうってんじゃない。中河原が何かやらかそうとしているってことを、口外しないだけだ。

それでまとまった金が手に入るなら、悪くない。

もちろん、マミに知られないようにしないとな。大丈夫。マミは俺に夢中だ。

健太は、まだ自分には充分に女をつなぎ止めておく魅力があると信じていた。

バスルームからマミがバスタオルを体に巻いて出て来た。

「健太もシャワー浴びたら?」

「ああ。さっぱりして、うんと食うぞ!」

健太は張り切ってベッドから飛び出した。

14 狭間

「やあ」

山崎は、個展を開いている画廊に入って来た三宅舞を見て、「来てくれたんだね」

「もちろん」

と、舞は言った。「人で一杯ね」

「色々客も多くてね。――君、少し待っててくれないか」

「ええ、いいわ。どこで?」

「この近くで。そこのホテルのラウンジは小さいけれど、入れると思うよ」

「いいわ。じゃあ待ってる。でも、絵が見られないんじゃ……」

「時間が来て閉めてから、ゆっくり見てくれればいいよ」

「それ、ぜいたくね」

と、舞は微笑んだ。「じゃ、お茶飲んでるわ」

「うん。三十分ほどで行く」

山崎は、他の客に挨拶しに、すぐ人の間に埋《うも》れて行った。

舞は画廊の中をチラッと見渡しただけで、外へ出た。

画廊の閉《しま》る時間が近いことは分っていた。山崎が誘ってくれないかと期待する気持も、いくらかはあったのだ。

もうずいぶん暗くなっていた。一日ごとに夜が早くやって来る季節だ。

そのホテルは、気を付けていないと見過してしまいそうな、小さなものだったが、中へ入ると、意外に奥行があって、ラウンジも広くはないが、そう狭苦しくは感じない。

奥の方の席について、入口が見える位置に座ると、

「コーヒーを」

と頼んだ。

少し時間はかかったが、ていねいにいれた香り高いコーヒーが出て来た。

「おいしい……」

コーヒーがおいしいだけでも、その一日がいい日だったと感じられることがある。

今の舞にとっては、このコーヒーのおいしさは救いだった……。

「山崎と接触したことがないのか」

隣の席から山崎の名が聞こえて、舞は振り返った。

山崎の名を出したのは、もう六十代も後半と思える、画家風の男。話の相手はスーツにネ

クタイの四十代の男だった。

「山崎の絵は値上りするぞ」

と、画家らしい男が言った。

「遠藤先生がそこまでおっしゃるんでしたら……。では、先生からご紹介いただけませんか」

遠藤という名を、山崎から聞いた憶えがあった。確か遠藤弘太郎という画家だ。

「しかし、もう大勢かぎつけて来てるからな。今さら挨拶に行ってもむだかもしれん」

「そうおっしゃらず。——今度、いい店をご案内しますよ」

「まあ、お前のとことは長い付合だしな」

「そうおっしゃっていただけると……」

「山崎の今度の絵は話題になる」

「テーマは何ですか？」

「裸婦だ。ありふれてると思うだろう。しかし、こいつは違う」

「どう違うんですか？」

「山崎の愛人なんだ。生々しい、エロスそのものの絵だ」

聞いていて、舞はドキッとした。——山崎の「愛人」？

「当人は否定してるが、絵をひと目見れば誰でも分る。ただの仲じゃない」

「高値が付きますか」

「売る気はないらしい。しかし、ものは試しだ」

「美人ですか」

「モデルか？　いや、プロのモデルじゃない。素人で、山崎の幼なじみだそうだ。生活感のあるヌードなんだ。そこがいい」

やはり、と舞は思った。あの、杉原爽香を描いた絵のことだ。

「何しろ、堀口さんが賞めてる」

「堀口先生がですか？　それは……。ご覧になって……」

「わざわざ山崎のアトリエまで見に行った。しかし、それも俺があの絵のすばらしさを熱心に説いたからだ」

あの絵を公開する？　——本当だろうか。爽香は知っているのか。そして明男は……。

「——どうでしょうね」

と、画商らしい相手の男が言った。「そのモデルの件を、マスコミに流して話題作りするというのは。名前とか、調べれば分りますかね」

「分ってるよ」

「ご存知なんですか？」

「ああ。——教えてもいいが、俺が言ったということは、山崎に言うなよ」

めのことは分かってるじゃないか。N展にも出すんだから」

「承知してます」

「あの絵は今度の〈N展〉のポスターにも大きく載るはずだ。山崎がいやがっても、もう止められんよ」

といって、遠藤は笑った。

そして腕時計を見ると、

「そろそろ画廊が閉る時間だ。山崎に挨拶するなら今だな」

「では、先生、ぜひご紹介を」

「分った。それじゃ行こう」

二人が席を立って出て行くのを、舞は見送っていた。

あの絵が、世間の話題になったら……。明男はいい気持はしないだろう。

もちろん、舞も明男と爽香の間がそう簡単に壊れるようなことはないと承知している。また、そういう明男にひかれているのだ。

しかし——夫婦の間は、他人にはうかがい知れないものだ。仕事が忙しい爽香と明男の間も、舞が思っている以上に溝ができているかもしれない……。

三十分ほどして、山崎がやって来た。

「ごめん、待たせて！」

「いいえ。ここ、とても落ちつくわ」

「そうだろ？　あんまり知られてないしね。気に入ってるんだ。――コーヒーを」

と、山崎は頼んで、「すまないけど、もう画廊に入れないんだ。閉める直前に、遠藤さんが画商を連れて来てね。しつこく話しかけて来て……。参ったよ」

苦々しい表情の山崎を見て、舞はおかしかった。あの二人、山崎に却って嫌われに行ったようなものだ。

「時間あるかい？　夕食でもどう？」

と、山崎が言った。


拍手が、一番広い教室を満たした。

それは「年寄をいたわる」お義理の拍手ではなく、心からの賞賛の拍手だった。

栗崎英子《くりさきひでこ》はニッコリと微笑んで教室を一杯にした人々を見渡すと、壇を下りた。

そのタイミングは完璧だった。――爽香は英子の話が終ると同時に教室の出口に立って待っていた。

「ありがとうございました」

爽香は深々と一礼した。

「いいのよ。いくつになっても、拍手をもらうのはいい気分だわ」

と、英子は言った。

八十一歳とはとても思えない、艶然《えんぜん》たる魅力がある。むろん今日も和服姿がピシリと決っていた。

「ありがとうございました、先生」

長谷部仁美が迎える。「どうぞこちらで少しお休み下さい」

「そう疲れちゃいないけど」

と、英子は言って、「まあ、でもお茶の一杯ぐらい、いただいて行こうかしら」

爽香が応接室に英子を案内する。

〈S文化マスタークラス〉の特別講演会。爽香が英子に依頼したのである。

「一応、席は埋《うま》ってたわね」

ソファに寛いで、英子は言った。

「あの二倍の方をお断りしたんですから」

と、爽香は言った。「またぜひお願いします。私が言わなくても、長谷部がお願いすると思いますけど」

「人間、年を取ると、予定があることがありがたいわ。——来月から映画の仕事が入ってるけど、私の出番は十日間くらい。でも、延びることもあるから、終ってから決めた方がいいと思うわ」

「かしこまりました」

少し間があった。——英子が、

「何があったの?」

「は……」

「見てりゃ分るわ。あなたは悩んでる。亭主の他に好きな男でもできた?」

「栗崎様……」

爽香は苦笑した。

仁美がお茶を持って来て、

「大好評でした! アンケートも、〈ぜひまたお話を伺いたい〉というのが大多数で……」

「もうお願いしたわ」

爽香が説明すると、

「ありがとうございます! 今度の目玉になります!」

と、仁美は感動している。

「また改めて連絡してちょうだい。——今、爽香さんとちょっと話があるの。外して」

「はい」

仁美が出て行くと、

「お金のことで悩んでるの?」

と、英子が訊いた。

「いえ……。もちろん、それもありますが」

「じゃ、やはり男のこと?」

「でも、恋だの愛だのって話じゃないんです」

と、急いで言って、「でも……やっぱりそうかな」

「明男さんに惚《ほ》れてる女の子のこと? 彼女と会ってるの?」

「明男ですか? さあ、分りません」

と、爽香は首を振って、「私、別に超能力の持主じゃないんで、夫が外で誰と会ってるかなんて分りません」

「そうよね。もし会ったとしても、お茶を飲んだり食事したりするだけなら心配しなくていいわ。あの人はそんなに自制のできない人じゃないでしょう」

「私も信じてます。ただ——自分のことで、ちょっと」

「どういうこと?」

「裸の話なんですけど」

爽香の言葉に、英子はちょっとびっくりして目を見開いた。

リン・山崎のモデルになった話を聞くと、英子は笑って、

「じゃあ、私が代りに裸で寝ててあげれば良かったわね」

「冗談じゃないんですけど」

「分ってるわよ。——でも、その山崎さんと何かあったわけじゃないんでしょ?」

「もちろんです。明男だって、信じてくれるとは思うんですけど」

「それなら心配することないじゃない。『言いにくかったの、ごめんなさいね』って言えば、それで済むでしょ」

「はあ……」

「でも何かが引っかかってるのね?」

「絵をご覧になれば、分っていただけると思うんですが……」

と、爽香は言った。「山崎さんがどうして私みたいなパッとしない女に恋してるのか……」

「一目で画家の気持が誰にも分るような絵なのね?」

「そうなんです」

「しかも〈N展〉に出品。——話題になったら、明男さんも心中穏やかでいられないかもしれないわね」

「ええ……」

爽香は少し間を置いて、「正直に申しあげます。今、私も明男も忙しくて、毎日ほとんど話す時間がありません。精神的にも、お金のことが気になって、何となく余裕がないんです。——以前みたいに、夫婦の時間も持てません。何だか……気持がすれ違っているように感じることが多いんです。今度の件が、それにますます拍車をかけるようなことになるかもしれないって……」

英子は黙って聞いていたが、爽香の言葉が途切れると、

「結婚して何年？」

と訊いた。

「え……。二十七でしたから……十二年ですね」

「十二年目の夫婦としちゃ上出来よ」

「そうでしょうか」

「これから珠実ちゃんのことで、色々夫婦揃っての仕事がふえるわ。小学校に入れば、運動会も学芸会もある。そういう思い出を積み重ねて『夫婦』っていうのは成長して行くの。私の場合はあんまり成長しなかったけどね」

と、英子は言った。「大丈夫。あなたたちは普通の夫婦が経験しない辛いことを乗り越えて夫婦になったんだもの。落ちついていなさい」

「ありがとうございます」

爽香はごく自然に微笑んでいた。

英子はお茶を飲み干すと、

「——さて、帰りましょ。次の映画のシナリオが来てるの。まだ決定稿じゃないけど、目を通しておかないとね」

「お車でお送りします」

「いいわよ、無理しなくて」

と、英子は立ち上った。「じゃ、タクシーを停めてくれる？」

「はい」

爽香は急いで応接室を出た。そこで、

「あ、高須先生」

高須雄太郎《ゆうたろう》が立っていたのだ。

「栗崎さんがまだおいでだって聞いてね」

「ええ、いらっしゃいます」

英子が出て来ると、高須は感激の面持《おもも》ちで、

「あなたの大ファンです！　お目にかかれて光栄です」

と握手をした。

「まあ、どうも」

「今日もお話を伺いたかったんですが、どうしても仕事で間に合わず……」

「そちらもお忙しいんでしょ」

「講演は方々出かけなきゃならないので大変です」

と、高須は言って、「もしお時間が許せば、お食事でもいかがですか？」

「まあ。——この年齢《とし》でナンパされるとはね」

と、英子は大げさに驚いて見せた……。

15　細い糸

もう冬の風だった。

昼休みの時間も、あまり外へ出て行く気になれない。ただでさえビル風の強い場所で、しかも風は身を切るように冷たい。

由加は、それでも昼食後には必ずコーヒーを飲みたいと思っている。――ビルを出て、小走りにいつもの喫茶へ飛び込んだ。

「ああ……」

と、息をついてコーヒーを頼む。

出されたおしぼりで手を拭く。

「ケーキ、いただこうかしら」

と、テーブルの上の写真を見て言った。

「――暮れはどうしよう」

と、由加は呟いて、表を眺めた。

突然、目の前の席に、内海が座った。

由加は、幻でも見ているのかと、じっと内海を見つめていた。

「——やあ」

と、内海が言った。

「何してるの?」

と、由加はやっと訊いた。

ウエイトレスが、内海の前に水のグラスを置くと、由加は、

「いいんです。この人、席を移ります」

と言った。

「由加……。話を聞いてくれ」

と、内海は言った。「頼む。すぐすむから」

由加はためらっていたが、

「——話があるなら、早くして」

「すまん。——コーヒーを、僕にも」

由加は、ケーキをフォークで割った。

「何の話なの」

と言いながら、由加は内海のこわばった顔を改めて眺めた。

普通じゃない。——由加にも、内海が何かに「追いつめられて」いることは分った。その切羽《せっぱ》詰った表情、充血した目。由加はこんな内海の顔を見るのは初めてだった。

しかし、由加はあくまで冷静に、他人として内海を眺めていた。今の由加には、瀬沼という恋人がいる。内海のことは、すでに「過去」の棚へ片付けられていた。

「君が怒っていることは分る。僕を恨《うら》んでるだろう。当然だ」

内海の声は上ずっていた。「今さら、君にこんな話をするのは恥知らずだってことも知ってる。でも、他に誰も思い付かなかったんだ」

「むだな話はよして」

と、由加は突き放すように言った。「一体何だっていうの？」

コーヒーが来ると、内海はびっくりするほど砂糖を沢山《たくさん》入れて、一気に飲み干してしまった。

そして、大きく息を吐き出すと、

「金がいる」

と言った。「困ってるんだ。頼む。助けてくれ」

由加は呆れた。

「私にそんなこと……」

「君の家は大金持じゃないか。少々の金ぐらい、どうってことはないだろ」

「だからって――」

「一千万、どうしても必要なんだ」

由加は、ケーキを食べる手を止めなかった。

「どうしてそんなことになったの？」

と訊く。

「――女だ」

と、内海は言って、自嘲気味に笑った。「呆れるだろ。ホステスに入れあげて、旅行や服や食事……。マンションの家賃まで払ってやった。気が付いたら一千万……。会社の金だ」

「それがばれたの？」

「そうなんだ。部長に呼ばれて、即座に返せばクビにするだけで許してやる。それができなきゃ警察だ、って……。刑務所はいやだ。それくらいなら死んだ方がましだ」

気弱な内海のことを知っている由加には、その言葉が出まかせでないことは分った。

「頼めた僕じゃない。分ってるが、そんな大金を、すぐに都合してくれる人はいない」

「奥さんとはどうしてるの？」

「あいつは口もきいてくれない。――まあ、付合ってる女がいることは知ってるから、無理もないが。こうなったら、マミも冷たい」

「マミって、ホステスの名前？」

「そう……。加納麻美《かのうまみ》っていうんだ。本当はな。いや、もうどうだっていい」

内海はテーブルに両手をついて、

「――この通りだ。頼む」

と、頭を下げた。

由加の内には怒りも悲しみも湧《わ》いて来なかった……。

ただ、「どうしてこんな男を一度でも好きになったんだろう」と思うばかりだった。

「冗談はやめて」

と、由加は普通の口調で言った。「いくらうちが金持だっていっても……。考えてみてよ。私がお金を持ってるわけじゃない。お金を持ってるのは父よ。父はあなたのことも知ってる。お金を出すわけないでしょう」

しばらく沈黙があった。――内海は、両手をテーブルに置いたまま、じっと動かなかった。

由加もコーヒーを飲み干した。

「会社に戻らないと。お昼休み、あと五分で終るわ」

と、腕時計を見る。

すると、内海が顔を上げた。

「そうだな。――そうだよな」

そう言って、笑った。「いや、ごめん。断られて当然だ。うん、これは自分で何とかしないといけない問題だ」

「そうよね」

「いや、邪魔して悪かったね。せっかくの休み時間だったのに、不愉快な話を聞かせちまって、すまない」

いやに明るい声音だった。

「じゃあ……。私、行くわ」

「うん。僕はもう少しここにいる。会社へ戻ったって、仕事する気分じゃないし」

「お好きに」

と、由加は立ち上って、「ここ、払っておくわ」

「すまないね。じゃ、ごちそうになるよ」

「ええ。——それじゃ」

「元気で」

由加は、内海の、妙に目立つ明るさが気になったが、それ以上はいられず、外へ出た。

会社に向って急ぎながら、ケータイを取り出し、姉にかけた。

「——由加、どうしたの？」

由衣はちょっと心配そうに、訊いた。

「内海が来たの」

「何ですって？」

ビルへ入りながら、簡単に説明すると、

「由加。用心して。追いつめられると何をするか分らないわよ」

と、由衣は言った。

「うん、大丈夫。あ、もうエレベーターが来る。じゃ、今夜でもまた連絡するわ」

由加はそう言ってエレベーターに乗った……。

そうだわ。もう話はすんだ。

由加はそう思っていたが……。


両側が商店街になっている地下道を歩いていた三宅舞は、足を止めた。

「――あれだわ」

貼り出された〈N展〉のポスター。いくつかの絵と彫刻がコラージュされているが、一番に目に飛び込んで来たのは、爽香を描いたリン・山崎の裸体画だった。

舞がもともとその絵を知っていたということもあるだろうが、客観的に見ても、その絵は目立っていた。

山崎は爽香に打ち明けたのだろうか？

そして爽香は明男に……。

舞は、ケータイを取り出すと、山崎にかけた。

「――もしもし」

「突然ごめんなさい。仕事中？」

「いや、今は大丈夫」

と、山崎は言った。「どうかした？」

「今度の〈N展〉のポスター、一枚私にちょうだい」

と、舞は言った。

「――見たのか」

「もう貼られてるもの、公《おおやけ》のスペースに」

「そうか……」

「いやなら、載せるなって言えば良かったのに」

「堀口先生に逆らえないよ」

と、山崎は言った。「八十九歳だ。元気なもんだよ。でも、今度の絵のことじゃ、堀口先生がかなり活発に動いてるんだ」

「どういうこと？」

「そのポスターを、爽香君に手渡したいって、わざわざ持って会社に行くらしいよ」

と、山崎は言った。「送ればいいと思うんだけど、気がすまないみたいだ」

「どういうこと？」

「僕にも分らないよ。ただ、彼女に出品のことを話したのは堀口先生なんだ。——もう、電話しても出てくれない」

「そう……」

「まあ、自分のせいだ。仕方ないけどね」

と、山崎は自嘲気味に言った。


「これは……」

マミは戸惑った顔で中河原を見た。「何かの冗談？」

マミの手には、空の封筒があった。小切手でも入っているのか、と逆さにしてみたが、空は空だった。

「いや、そうじゃない」

と、中河原は言った。

「でも……ちゃんと言われた通りのことはしたわ。後の百万円は——」

「彼氏《かれし》からもらいたまえ」

「——え？」

マミはわけが分らず、ポカンとしていた。

「友永健太といったね、あの男は」

「健太……。健太がどうして……」

「内海に私の計画のことを知られたくなかったら、金を出せと言って来た」

マミの顔から血の気がひいた。——中河原は冷ややかに、

「だから、彼に百万、渡した。しかし、初めから予算は二百万だ。まあ、健太君がまだいくら持っているか知らないが、彼から受け取りたまえ」

オフィスビルのロビーで、中河原はソファから立ち上ると、「君はよくやってくれた。その点は礼を言うよ」

と言って、軽く肯いて見せると、足早に行ってしまった。

マミは空の封筒を、震える手で握り潰した。

ロビーの一隅のソファには、仕事の打合せをしているビジネスマンたちが何人もいた。大声を出すわけにはいかない。

マミは怒りをこらえて、ケータイを取り出した。

「——やあ、どうした？」

健太の呑気な声が聞こえて来ると、つい怒鳴りたくなるのを必死でこらえて、

「何てことしてくれたのよ」

「——どうしたんだ？」

「中河原さんから百万せしめて、何に使ったの？」

少し間《ま》があって、健太は笑った。

「聞いたのか」

「どうしてそんな勝手なこと——」

「だって、お前があんまり欲がないからさ。もう少しうまく立ち回れよ」

「何言ってるの。後金の百万はもうあんたに渡した、って言われたわ」

「へえ。あいつもケチだな。もっと強気に出りゃいいんだ。あと百や二百は出すぜ」

「その百万円、どうしたの？」

と、マミは訊いた。

「うーん……。何か分んねえ内に使っちゃったよ。ギャンブルなんか、すぐ百万くらい行くからね」

「呆れた人ね。——私がいやでたまんないのを辛抱して、内海と寝て稼いだ金よ。どうしてくれるの？」

「そう言われてもな。——ともかく、もう少し中河原にしつこく食らいつけよ」

マミは深く呼吸して、

「もう、あんたとはこれきりよ」

と言った。

そして、ケータイの電源を切ると、

「――あの馬鹿が！」

と、吐き捨てるように言って、立ち上った。

目の前に、内海が立っているのを、マミは幻覚かと思って眺めていた。

「気の毒したな」

と、内海は言った。「いやでたまらないのを辛抱して、寝てくれたのか」

「内海さん――」

じっと自分を見つめる、赤く充血した目は無気味だった。そして、内海の手がポケットからナイフを取り出すのを見た。

とっさに駆け出したのは、我知らず恐怖を感じていたからだろう。ロビーを横切りながら、

「助けて！」

と、絶叫していた。

内海が、普通の革靴をはいていたのが、マミにとっては幸運だった。

大理石の床で、内海は足を滑らせて転倒した。したたかに肩を打って、ナイフが手から飛んで行く。

「人殺し！　助けて！」

と、マミは叫び続けた。

ガードマンが駆けつけて来るのを見て、マミは受付のカウンターにすがりつくようにして、しゃがみ込んでしまった。

16　秘めた思い

今日はもう無理ね……。

石谷由衣は、こった肩を手で揉《も》みながら、ため息をついた。

「――まだいたのか」

オフィスへ戻って来たのは、瀬沼だった。

「お疲れさま」

「いや、僕はともかく……。もう十時過ぎだよ」

「アイデアがまとまらないの。――明日にするわ」

「それがいい。疲れてるときは、気分転換した方が」

「近くで何か食べて帰りましょうか」

由衣は机の上を片付けて、「何でもパソコンで済んじゃうっていうのも、味気ないわね」

「商売は人と人だよ」

「それって凄く古いわよ」

と、由衣は笑った。

「金庫は閉める?」

「お願い」

——瀬沼は、次の仕事を探す間、とりあえず由衣の仕事を手伝うようになっていた。

「そうそう。由加から電話で」

「え?」

「例の内海って男が捕まったんですって。ホッとしてたわ」

「捕まった?」

「ホステスにお金を注《つ》ぎ込んで、挙句《あげく》にナイフを振り回して追いかけたって」

「しょうがない奴だな」

「自業自得ね。——ともかく、由加には良かったわ」

「うん」

二人は仕度をして、オフィスを出た。

近くの洋食屋が、真夜中まで開いている。二人が歩き出したとき、駆けて来る足音がした。

「お姉ちゃん!」

「由加、どうしたの?」

「この近くで飲んでた。お姉ちゃん、まだいるかな、と思って」

由加は少しはしゃいでいた。

「ご飯は？　私と瀬沼さんは、これから食べるところ」

「私も！　おつまみしか食べてない」

「じゃ、一緒に行こう」

「うん！」

「何だか、いやに元気ね」

と、由衣は笑って言った。

由加が、じゃれるように姉にもたれかかったり、腕を取ったりしているのを、瀬沼は少し離れて歩きながら、横目で眺めていた。

瀬沼はふしぎに孤独だった。

つい三十分前まで、瀬沼は由加とホテルにいて、肌を寄せ合っていたのだ。

由加が、まるで何もなかったかのように振舞っている姿は、瀬沼をいささか戸惑わせた。

いや、由加との仲が続いていることには、自分も責任がある。由衣に対しては、申し訳ないと思わざるを得ない。

由衣のマンションに寝起きし、由衣のオフィスで働かせてもらいながら、その由衣の信頼を裏切っている。

しかし、今さら由加を拒むことも、由衣に告白することもできなかった。

——レストランに入ると、瀬沼はあまり口をきかず、黙々と食べた。由衣と由加が、その分、充分ににぎやかにおしゃべりしていたのである。

デザートを頼んでおいて、瀬沼はトイレに立った。戻ろうとして、ふと壁に貼られたポスターに目を止める。〈N展〉のポスター。

美術に関心のない瀬沼でも、〈N展〉の名前ぐらいは知っている。この店の常連に、画家がいるのだろう。

瀬沼の目は、ポスターのほぼ四分の一近くを占める裸体画に向いた。

これは……。目を近付けると、

「似てる……」

あの〈G興産〉の杉原爽香とそっくりだ。しかし、まさか……。

「こら！」

いきなり肩を叩かれて、瀬沼はびっくりした。由加が瀬沼の首に抱きつくようにして、

「何見てるの？ ——あ、この裸の絵？ 私じゃ物足りない？」

「おい、よせよ。由衣さんに聞こえる」

「平気よ。こんなにザワザワしてるんだもん」

由加は大分《だいぶ》酔っていた。つい声も大きくなる。

「この女の人、好きなの？」

「そんなんじゃない。ただ——杉原さんに似てる」

「杉原って……誰だっけ？」

「君が飛び込もうとした車の——」

「ああ！　あの人？　そう？　忘れちゃったわ、顔なんて」

「もう飲むなよ」

「飲んだっていいじゃない！　お祝いよ。やっと、あの内海から解放された！」

「気持は分るが……」

と言いかけたとき、

「瀬沼さん？」

振り向いて、瀬沼はびっくりした。そこに当の杉原爽香が立っていたのである。

「あ……。どうも」

と、瀬沼はちょっとあわてて、「その節は……」

「あのときの——由加さんでしたね」

「どうも」

由加の方は大分酔っているので、軽く会釈しただけで、「今、話してたんです、瀬沼さんと」

「おい、よせよ」

と、瀬沼が止めたが、由加は構わず、ポスターを指さして、

「これ、あなたと似てるって。もしかして本当に？」

爽香はそのポスターをじっと見ていたが、やがて微笑んで、

「私、もっと太ってますよ」

と言った。「失礼します」

爽香はトイレに入って行った。

「でも、何か色っぽい絵ね」

と、由加は言った。「あの人、全然色気ないもんね。やっぱり別人かしら？　どう思う？」

自分のテーブルに戻ると、爽香は、

「そろそろ帰らないと」

と言った。「子供のいる身ですので」

「見ただろ？　どうだい、あのポスター」

と、遠藤弘太郎は言った。

「私には過ぎた扱いです」

爽香は穏やかに言った。「何がご希望ですか？」

「もう、何件も問い合せが来てるんだよ、あの絵のモデルは誰かって」

「そうですか」

「どうかね」

遠藤は少し身をのり出して、「マスコミへの対応を僕に任せないか？　うまくやれば、いい金になるよ」

「たかがモデルに取材が？」

「ただのモデルじゃない。今をときめくリン・山崎の〈愛人〉だ。話題作りにはもってこいだよ」

「何度も申し上げてます。私と山崎君の間には何もありません」

「問題は事実じゃない。どうすればマスコミが喜ぶかだ」

「そんな——」

「いいかね。有力な画商が、あの絵を狙ってる。それも一人や二人じゃない。競わせて値を吊り上げれば、山崎にとっても得な話だよ」

「私には夫も娘もいるんです。そんなことで騒がれては——」

「困るだろ？　だから、マネジメントする人間が必要なのさ。僕の親しいモデル事務所に入れば、マスコミへの窓口になる。煩しいことはなくなるよ」

爽香は、ウエイターを呼んで、

「お会計を。私とこの方の分と分けて下さいな」

と言った。

そして、背筋を伸すと、

「嵐が来るときは、じっと頭を下げて通り過ぎるのを待つのが一番いい。私が人生で学んだことです。〈N展〉が終れば、すぐ忘れられてしまいます。それを待っていますから」

と言った。

「しかし――君はきっと後悔するぜ」

「しません。自分の決めたことですから、その結果は受け止めます」

「なるほど」

遠藤はちょっと笑って、「無理もない。先生が惚れるのも」

「――何のことですか？」

爽香は、支払いを現金で済ますと、「先生というのは？」

「堀口先生さ。会ったんだろ？」

「ええ……。山崎君も、あの方のことは尊敬してるようでした」

「あの大先生、君に惚れてるよ」

「は？」

「確かに、もう八十九歳。女を抱ける年齢じゃないが、欲望がないわけじゃない。あの絵にご執心でね」

「そうですか」

爽香はちょっと笑って、「私、お年寄に好かれるんですよね。慣れてます」

と言うと、立ち上って、

「では、これで」

バッグを手に、足早に店を出る。

つまらない用事で、遅くなってしまった。

爽香はケータイで明男にかけた。

「——今、どこだ?」

出るなり、明男は訊いた。

「まだ都心なの。珠実ちゃんは?」

「うん、風呂に入れて、もう眠ってる」

「そう。——できるだけ早く帰るから」

「ああ。でも無理するなよ」

「うん」

——爽香は通話を切って、少しホッとした。ただ、珠実がおとなしく寝ていてくれたのは、嬉しいが、明男のことは気になっていた。

駅への道を急ぐ。風は冷たかった。

いつもの明男なら、疲れているから、こんなに爽香が遅くなると、少しは不機嫌になる。それが声にも出るのである。

しかし、今の明男は、とても穏やかで優しかった。そのことを不満に思うわけではないが……。

あの絵のことを打ち明けて、

「黙ってて、ごめんなさい」

と、頭を下げたとき、明男はしばらく何も言わなかった。

爽香がそっと目を上げて見ると、明男は笑顔になって、

「分った」

と言った。「当分、あちこちでその絵を見ることになるんだな」

「本当に――」

「一度謝れば充分だよ」

と、明男は遮《さえぎ》って、「モデル料もらったのか？」

と訊いた……。

そう。――栗崎英子が言ったように、これまでの明男との長い年月を思えば、こんな一枚の裸体画など、大したことではないのかもしれない。

爽香はそれきり絵の話は出さず、いつも通り振舞っている。夫婦の暮しは、少しの変りも

なく続いていた。

しかし――どこか違う、と爽香は感じていた。明男は果して本当に納得したのだろうか？　考え過ぎかもしれないが、明男の表情や口調に、爽香はどこか「ホッとしている」気配を感じていた。爽香の、この絵のことを聞いて、明男は安堵の様子を見せているようだった。

それは、

「爽香にそんなことがあったのなら、俺も後ろめたく思わなくていいんだ」

という思いのように、爽香には思われたのだ……。

明男。――あなたの本心が、今私には見えない。

足を止めた。――横断歩道は赤信号になっていた。

チラッと腕時計を見る。

すると、大型の黒塗りの車が、爽香の目の前を遮るように停《とま》った。そして窓が下りると、

「今晩は。ちょっと乗ってくれないかね」

と、堀口が静かに言った。

17 密告

「すみません」

と、爽香は歩道に立ったまま言った。「今夜は遅いので失礼します」

堀口は車の中から穏やかに、

「ちゃんとこの車で君を自宅まで送るよ。その途中で話を聞いてくれ」

「でも……。何のお話ですか?」

「中で話そう。冷えるよ」

爽香は少し迷ったが、

「――分りました。では……」

爽香は車の反対側へ回り、後部座席に座った。

「やってくれ」

と、堀口が運転手に声をかけると、車は滑るように静かに走り出した。

「――突然でびっくりしただろう」

と、堀口は言った。

「いえ……。でも、どうして私があそこに――」

と言いかけて、「そうですね。もちろん遠藤さんからお聞きになって」

堀口はそれには何も言わず、

「ポスターの件だが……」

「拝見しました」

と、爽香は言った。

「山崎君を恨まないでくれ。ポスターに最終的な許可を出すのは私だからね」

爽香は少し黙っていたが、

「――あの絵をポスターに入れようと決めたのは、堀口さんですか」

と訊いた。

「あの絵を見た画家のほとんどが賛成した。私もね」

「感謝するべきなんでしょうか。光栄です、と言って」

「それは無理だろうね」

「無理です」

「私はあの絵の価値を認めて入れただけだ。本当だよ」

「主人には謝りました」

「何か言ったかね？」

「いえ。『分った』とだけ」

「そうか。良かった」

「良かったかどうか、すぐには分りません」

爽香は窓の外を流れて行く街灯の明りを眺めて、「夫婦の間の問題ですから、気になさらずに」

そして、堀口を見ると、

「私にご用というのは？」

「私は画家だ」

「存じてます」

「もう、この年齢だが、今も年に数点は描いている。だから、画家として君に頼みたい」

「何をですか？」

堀口は爽香を見て、

「私の絵のモデルになってほしい」

と言った。

爽香はちょっとの間、呆れたように堀口を見ていたが、

「――お断りします」

「そうだろうね」

「山崎君のこととは関係なく、私は仕事があって忙しいんです。絵のモデルなど、やっている暇はありません」

と、爽香は一息に言って、「それに、お年齢《とし》を考えたら、山崎君ほどのんびりと時間をかけてはいられないでしょう。とてもそんな時間は取れません」

と、付け加えた。

堀口は微笑んで、

「承知してくれるとは思っていなかったよ」

と言った。「ちゃんと筋を通した説明で、よく分る。君の言う通りだ」

「分っていただけたら幸いです」

爽香はそう言って、安堵の息をついた。


由衣は、一息ついて思い切り伸びをした。

「何とか今日中に……」

仕上げなくてはならない。

明日は客に自信を持って見せられるようなプランを立てるのだ。

方向性は定まっていた。後はやるだけだ。

「頑張ろう……」

声に出して、自分へ言い聞かせなくてはならないとは、少々情ない。

「まだ三十四歳なのに……」

四十代、五十代で、バリバリ仕事をしている女性を大勢知っている。それに比べて自分は……。

いやいや、一見若々しく、元気一杯で飛び回っている女性たちも、人に見えないところでは、

「もう年齢《とし》だ……」

と、嘆いているのだろう。

でも、仕事が好きで楽しい。その思いが疲れを忘れさせてくれるのだ。

由衣はテーブルの上のデザイン画を眺めた。――少し距離を置いて眺めると、思いもよらない欠点が見付かることがあるのだ。

ブーンという音がして、ファックスの機械に電源が入った。こんな時間にどこからだろう?

受信している。広告か何かだったら腹が立つが……。

瀬沼はもう帰っていた。由衣も、帰宅して、マンションに瀬沼がいるという日々に何だか妙に慣れて、ホッとする気分になっていた。

瀬沼は、せっせと部屋の掃除をしてくれたり、切れた電球をすぐに替えてくれたり、由衣がつい面倒で放っておくようなことをやってくれる。

それでも、由衣は瀬沼との間に「何もない」ままだ。むしろ、これで瀬沼と寝てしまったりしたら、今の居心地の良さは失われてしまうだろう。こんなふしぎな男との関係があるのだということが、由衣にとっては珍しかった……。

ファックスがプリントされて出て来る。

由衣はそれを手に取ると、明るいテーブルの下へ持って来て見た。

写真だ。——ファックスだから鮮明とは言えないが、その二人の顔は見分けられた。

瀬沼と由加だ。——二人はぴったりと身を寄せ合い、由加は瀬沼の肩に頭をもたせかけている。

二人はホテルから出て来たところだった。

「由加……」

由加が瀬沼になついていることは分っていた。瀬沼のおかげで由加が立ち直ったという面もあって、由衣は感謝さえしていた。

しかし——二人がこういう仲だとは、考えてもいなかった。

椅子にかけ、由衣はしばらくぼんやりしていた。

こうして分ってしまうと、今まで気が付かなかったことがふしぎに思えてくる。

由加が、ああしてスムーズに立ち直ったのは、「新しい恋」のおかげだったのか。

由衣自身、「次の恋人でもできたら、内海のことは忘れられるのに」などと瀬沼に言っていたのだ。

「笑っちゃう……」

当の「新しい恋人」が目の前にいたのに、何も気付かなかったなんて……。

「まあ、いいわ」

と言ったものの、ちっとも良くはない。

瀬沼にだって妻子がある。その点では内海と同じだ。

今、由衣も気付いた、自分が瀬沼と同居しながら、男として意識しないで来たのは、彼に妻がいるからだということに。

由衣は、瀬沼が妹を抱いている光景を思い浮かべて、震えた。――どうして。どうして、こんなことに？

由衣はそのファックスを握り潰した。すぐそばの屑《くず》かごへ投げたが、入らずに床に転った。クシャクシャになったファックスが、パリパリと音をたてて広がろうとしている。

立って行って拾い上げると、引き裂いた。そして屑かごへ押し込む。

――でも、誰がこんなものを送って来たのだろう？

初めてそのことを考え付いた。しかし、屑かごの中から、わざわざファックスを拾い出して、送信元を見る気にはなれない。

そう。誰がこんなお節介をしたのかなど、どうでもいい。瀬沼と由加がこういうことになっているという事実の前には。

由衣はケータイをつかんで、瀬沼へかけた。

すぐに瀬沼が出た。

「やあ。もう帰れるの？」

瀬沼の声が、今までとは違って聞こえた。

「ええ」

と、由衣は言った。「今、出るところ。お風呂、入れておいてくれる？」

「分った。やっとくよ。食事は？」

「近くで済ませたけど……。ピザでも取っといてもらおうかしら」

「分った。うまいタイミングで届くように頼んでおくよ」

「よろしく」

実際、こういうことにかけては、瀬沼はよく気が付くのである。

「じゃ、気を付けて」

と、瀬沼が言った。

「ええ。——あ、それから」

「うん？」

「あの――由加から何か言って来なかった？」

「え？」

瀬沼はちょっと戸惑ったように、「いや、何も……。何か用だった？」

「そうじゃないの。なければいいわ。それじゃ……」

「待ってるよ」

明るい瀬沼の声が、いつになく胸にしみ込んだ。

電話を切ると、由衣は泣き出していた。

何の涙だったのか、自分でもよく分らなかった……。


「ただいま」

爽香は玄関へ入って言った。

「やあ、お帰り」

明男が出て来た。「今、車で帰って来た？」

「ええ」

「たまたま窓から見てたら……。タクシーじゃなかったろ？」

「高級車よ。例の画壇の長老先生の車で、送ってもらったの」

爽香は頭を左右に倒して、「ああ、肩こった！　私はファミレスの方が向いてる！」

「ご親切だな」

「あ、食事の方とは違うのよ」

爽香は事情を説明して、「というわけで、食事代は一万円也、払って来た」

爽香は明男の首に甘えるように両手をかけて、「私だけ高いもの食べて来て、ごめんね……」

と言うと、少し伸び上ってキスした。

「じゃ、今度は一緒にそのレストランに食べに行こう」

「うん」

「風呂に入れよ。──その偉い先生が、どうして車で送ってくれたんだ？」

「頼まれたの。絵のモデルになれって。もちろん即座に断ったわよ」

爽香は服を脱ぎながら言った。

「へえ。またヌードか？」

「訊かなかったけど……。忙しくって、それどころじゃないって言った」

「描いてもらったら、何百年も先になって、『この美女は誰だ？』って学者が研究するかもな」

「私は何百年も先の人に知られたくなんかないわよ。あなたと珠実ちゃんと──綾香ちゃんとか、ほんの何人かに憶えててもらえれば充分」

「おい、それじゃ、お前の方が先に死ぬみたいじゃないか」

と、明男は笑って言った。

「あら、もちろんよ。美人薄命って言うじゃない」

爽香は澄まして言った。「――あ、私のケータイ?」

放っておこうかと思ったが、手に取ってみると、久保坂あやめからだった。

何かあったのだろうか?

「――もしもし」

「チーフ、すみません。こんな時間に。もうお家《うち》ですよね」

「ええ。どうかした?」

あやめは、できるだけ爽香のプライベートな時間を尊重してくれる。

「会社に誰かが入ったらしいんです」

「入った? ビル荒し?」

「いえ、別に何か盗まれたというわけじゃないみたいですけど……。最後に出たの、私なんで。玄関、ちゃんとロックしたんです。そしたら、さっき警備室から電話があって、鍵がかってなかった、って」

あやめはその点、几帳面《きちょうめん》で決してうっかり忘れることなどない。

「それで心配になって、今会社に来てみたんですけど……。少なくとも、見た限りでは荒されてはいません。各人の机の引出しとかは見てませんから、分りませんけど」

「そう……」

「どうしましょう?」

爽香はちょっと考えて、

「今はもう仕方ないでしょ。鍵かけて帰って。明日、警察へ届けましょう。それが下見で、もしまた侵入するつもりなら、危険だから」

「分りました。そうします」

あやめは少しホッとしたように言って切った。

——面倒の種は尽きないわ、と爽香は思った。

18 妄想

「ほらほら、あの人」

という声がはっきりと耳に入って来て、爽香はため息をついた。

またか。——世の中、こんなに暇な人間が多いのだと改めてびっくりする。

早いところ昼を食べて会社へ戻りたいのだが——。

「すみません」

と、声をかけられて振り向くと、カシャッと音がして、ケータイで写真を撮られていた。

さすがにここまでやる人は少ないのだが、女子大生らしいその女の子は、自分の席に戻って友人たちへ、

「撮った、撮った！」

と見せている。

「きっとすぐ、彼氏にでもメールで送るんですね、今の写真」

と、久保坂あやめが眉をひそめて、「文句言って来ましょうか、私」

「放っといて。しばらくの辛抱よ」

と、爽香は言った。「芸能人だって一年もしたら忘れられる時代だわ」

スパゲティが来て、二人は食べ始めた。

普段なら、ほとんど目にとまることのない〈N展〉のポスターが、やけに目につく。確かに、話題にはなっているようで……。

「昨日、ネットのニュースで、あのポスターがあちこちで盗まれてるって出てましたよ」

と、あやめが言った。

「物好きね。アイドルのポスターなら分るけど」

「——ご主人は何かおっしゃってます？」

「別に。ポスターのこと、同僚から言われたとは言ってたけど」

「そうですか」

「『俺はもう飽きるくらい見てる』って言い返したそうよ」

「結構ですね」

と、あやめが笑った。

「そうね……」

爽香はせっせと食べながら、「驚いたわ。〈N展〉開会のイベントにご招待の手紙が来た」

「行くんですか？」

「誰が！　でも、欠席って出そうにも、返信ハガキが付いてないの」

と、爽香は肩をすくめて、「無視すればいいわ」

「でも……山崎さんにはお世話になりましたものね」

「それとこれとは別。山崎さんも分ってくれてるわ」

「チーフ、ケータイが……」

「あ、本当だ。いやね、耳遠くなったかしら。——もしもし」

昼食時で騒がしい。ケータイで話していても誰も気にしていない。

「爽香、今お昼休みでしょ？」

浜田今日子だった。

「ええ。お昼、食べてるとこ。いいのよ、別に」

懐しい声は心を和ませてくれる。「そっちも休み？」

「今、歩きながらホットドッグ食べてる」

「まあ……。連絡しなくてごめんね。色々忙しくて」

「忙しいのね、モデルまでやって」

「今日子、見たの？」

「病院の待合室に貼ってある。最初見たときはびっくりしたわ」

「あれには色々わけがあるの。話せば長いから、今度ね」

「急だけど、今夜時間ない？　八時ごろになるけど、明日香を友人に預けてから」

「ああ……。どうかな。今夜は会社にいないと……」

耳にして、あやめが、

「私、残りますよ」

と言った。「問題ないですよ、行って下さい」

「でも……いいの？」

「ええ。夕食代、会社で出してくれたら」

「分ったわ」

と、爽香は微笑んで、「――今日子、大丈夫になったわ」

「聞こえた。いい部下がいるわね」

「ええ。おかげでつとまってるわ」

「じゃ、八時に」

ホテルのラウンジで待ち合せの約束をして、爽香は通話を切った。

「浜田今日子さんですよね。女の子を一人で――」

「優秀な女医だもの。どこへ行っても通用するわ。今は小さい病院だけど、好き勝手できていいみたいよ」

久しぶりで今日子とおしゃべりができると思ったら、爽香は女学生のような気分。

「悪いわね、あやめちゃん」

「ちっとも！　その内、自分にも子供ができたら、私、残業なんかしないで、さっさと帰りますから」

と、あやめは宣言した。


「じゃ、よろしくね」

爽香は母にそう言って、電話を切った。

珠実を預かってもらっているのだ。

「少し早いけど、もう行くわね」

と、爽香は席を立って、「あやめちゃん、よろしく」

「ごゆっくり」

と、あやめが手を振った。

浜田今日子とは八時の待ち合せだからまだ時間があった。しかし、爽香もこの年齢になると、仕事からプライベートへの切り換えに手間取るのである。

「――あら」

ビルを出ようとして、ちょうど入って来た瀬沼と顔を合せた。

「あ……杉原さん。もうお帰りですか」

と、瀬沼はおずおずと訊いた。

「これから約束があって。——私にご用ですか？」

「はあ……。ちょっとご相談が」

どうも仕事の話ではなさそうだ。爽香もそこは人の好《よ》さで、

「三十分くらいでしたら……」

と、結局、近くのコーヒーショップに寄ることになった。

しかし、話を聞くと、

「——私、あなたの奥さんでも恋人でもないんですから」

と、ため息をついた。「いつまでも、石谷由衣さんの所にいたら、そうなるのは分っているじゃありませんか」

「はあ……」

「しかも、妹さんの方とも？」

「まあ……。そうなんです」

と、瀬沼は言って、「でも——由加は、僕が支えてやらないといけなかったんです。僕はあの子を何とか立ち直らせたくて……」

男の言い訳は、たいていこういう風だ。爽香はコーヒーを一口飲むと、

「立ち直らせたことになるんですか、それが？　お姉さんの方とまで、そんなことになって」

「そう言われると……。ただ、由衣さんとはずっと何もなかったんです。本当に。それが突然彼女の方から僕をベッドへ引張《ひっぱ》って行って……」

「呆れた人ですね」

「は?」

「分り切ってるじゃありませんか。由衣さんは、どうかしてあなたと由加さんのことを知ったんですよ。そのことで、あなたを男として見ざるを得なくなったんです」

「——そうか。そうかもしれないとは思ったんですが」

「誰にだって分りますよ、そんなこと」

「はあ……。どうしたらいいんでしょうね」

爽香は腕時計を見た。もう行かなくては。大体、この人、何で私に相談しに来るわけ?

「そのまま続けたら、姉と妹が憎み合うようになるかもしれませんよ」

と、爽香が言うと、瀬沼はハッとした様子で、

「そうですね。でも——僕なんか、こんなつまらない男なのに」

「ともかく、あなたのできることは一つだけです」

「はあ」

「由衣さんとも由加さんとも同時に別れる。奥さんの所へ戻って、もし入れてくれなかったら、一人でどこかで暮らすんです」

「そう……ですね」

「まず仕事を見付けることですね。収入なしじゃ、部屋一つ借りられませんよ」

爽香は立ち上って、「私、もう行かないと。——では」

足早に出て行く爽香へ、瀬沼はあわてて立って深々と頭を下げた。


ビールのグラスを手に、浜田今日子は大笑いした。

「笑うな」

と、爽香は渋い顔で言って、ピザにかみついた。「あちち……」

「だって、あんたは相変らずなんだもの。これが笑わずにいられるかって」

にぎやかなビヤホールで、二人はソーセージやピザを食べていた。

「すっかりアルコールに弱くなった」

と、今日子は息をついて、「以前は、これくらいのビール、飲んだ気がしなかったけどね」

「そんなことより、男はいるの、今？」

「男？　デートは順番待ちのにぎわいよ。ただ、こっちが明日香のことで忙しくってね」

「元気でいいね」

「爽香。——ま、昔からあんたはそういう風だからしょうがないけど、何もかも一人でしょい込んじゃだめだよ。前にも心臓に問題あったことあるんだから」

「診断書書いてもらっても、兄の所の暮しは楽にならないからね」

「奥さん——則子さんっていったっけ？　働けないの？」

「兄の世話だけでも大変だしね。綾香ちゃんがよくやってくれてるから助かる」

「でも、弟が大学受験するか、迷ってるんでしょ？」

「うん……。今の収入のままじゃ、かなり大変。奨学金もらうにしてもね」

爽香は、ちょっと今日子をつついて、「そういう話はやめよう。ここで話すことじゃないよ」

「でも、明男の話になったら、もっと重くなるんじゃない？」

「考えたくない。もちろん、目をそらしてても解決にならないぐらい分ってるけど、今は疲れてて……」

「うん。分るよ」

今日子は、爽香の肩を叩いて、「時に、あの大女優さん、元気なの？」

と訊いた……。


二時間、食べて飲んで、おしゃべりした爽香と今日子は、ビヤホールを出て、夜風の冷たさも熱い頰に心地良く……。

「じゃあ、またね！」

「うん、ありがとう、今日子」

爽香は、今日子が地下鉄の駅へと消えて行くのを見送って、伸びをした。

十時を少し回っている。

母に電話しておこうとケータイを取り出したが、かけようとして、

「あれ？」

ビヤホールの中が騒がしいので、着信があっても気付かないのはふしぎでない。ただ、今爽香が首をかしげたのは、一件の着信もなかったからなのである。

「あやめちゃん、まだ会社かしら……」

自分より遅く残ったとき、あやめは必ず爽香のケータイに、電話するかメールを入れて来る。しかし、今夜は何も入っていない。

あやめのようなタイプが、いつもと違うことをやるのは珍しいのだ。

爽香は、あやめのケータイにかけてみた。——呼出し音は聞こえているが出ない。

「まあいいか……」

と呟いて、それでも何だか気になった。

別に何でもないのだろう。あやめもくたびれていて、帰りの電車で眠っているのかもしれない。きっとそうだ……。

爽香は、会社へと向った。

そう遠くにいたわけではないので、十五分ほどで会社に着いたが、まだ明りが点《つ》いている。

「――あやめちゃん？」

中へ入って、呼んでみたが、返事はなかった。どこにいるんだろう？

爽香の頭をよぎったのは、ここの鍵が開いていたという出来事だ。あの後、警察へ届けたが、被害がなかったので取り上げてはもらえなかった。

まさか……。

爽香は、あやめの机がまだ片付いていないのを見て、不安になって来た。

そのとき、エレベーターの扉が開く音がした。急いで行ってみると、誰かが下りて行ったようだ。

爽香は、女子トイレの戸を開けて息を呑んだ。冷たいタイルの床に、あやめが倒れていたのだ。

「あやめちゃん！」

爽香が抱き起こしてみると、あやめの額《ひたい》が切れて血が流れている。

気を失ってはいるが、脈はしっかりしていた。

ともかく救急車を！

爽香はあやめを抱き起こしたまま、ケータイを取り出していた。

19　疑惑の主

「すみません……」

救急車の中で、久保坂あやめは意識を取り戻した。

「痛む？」

爽香は一緒に乗っていた。母の所へは連絡してある。

「少し……。でも、大したことありませんから」

「だけど……。頭だもの。用心して、ちゃんとＭＲＩとか撮った方が」

「大丈夫ですよ。石頭だし、私」

「それにしても、やっぱり誰かに殴られたの？」

「突き飛ばされたんです、後ろから。それで思い切り床に額をぶつけて」

「じゃ、やっぱり警察へ届けないとね」

と、爽香は言った。「事故か事件か分らなかったんで、まだ届けてないから」

「いいですよ、もう」

「そうはいかないわ。ともかく誰かがオフィスに入ろうとしてたんでしょうから」

「中、荒らされてましたか？」

「さあ……。見たところ、何ともなかったけど」

「この間の、謎の侵入者ですかね」

と、あやめは言った。

「分らないけど……。ともかく、後は任せてね」

「でも――」

「もしかしたら、私がやられてたかもしれないんだもの。放っておけば、また同じことが起るかも」

「そうですね……。でも私、何も見てないんですよ」

「それはまあ……」

あやめの言うことはよく分る。犯人をチラとも見ていなくて、オフィスに実害がなかったら、警察はまず動いてくれないだろう。

あやめへの傷害事件といっても、「突き飛ばされた」という言葉をどこまで本気で聞いてくれるか。

あやめにけがをさせることが目的だったとは思えず、あやめを襲ったとも言いにくい。

「確かに難しいかしらね……」

と、爽香は言った。

救急車が病院に着き、あやめはストレッチャーに乗せられ、運ばれて行った。

爽香は、河村《かわむら》に電話してみた。元刑事として、意見を聞いてみたかったのである。

「――それだけだと、やはり難しいだろうね」

と、話を聞いて、河村は言った。「警察は何か具体的な被害がないと、なかなか動かないよ」

「そうですよね」

「僕も、もう知ってる人間が現場にいないだろうしね」

「いいんです。一応、明日警察へ行って話をしておきます。後はビルの管理会社と相談してみて……」

「そうだね。女一人で残業するのは、避けた方がいいかもしれないよ」

「社長に話します」

と、爽香は言った。「すみません、遅くに」

「いや、ちっとも。布子《きぬこ》はまだ帰って来てないんだ」

「学校、お忙しいんですか」

「そうらしい。――ああ、この間、〈N展〉のポスターを見たって」

「お恥ずかしいです」

「いや、そんなことないさ。爽子《さわこ》は一枚もらって来て部屋に貼りたいって言ってる」

「そんなことしたら、二度と爽子ちゃんのヴァイオリン、聞きに行かないって言っといて下さい」

「分った」

と、河村はちょっと笑って、「今度、爽子はベルギーのコンクールに出るんだ」

「凄い！　もう決ったんですか？」

「うん、国内予選は通った」

「楽しみですね。いつ向うに？」

「それがよく分らなくて。向うは呑気でね」

「応援しに行きたいけど、ベルギーじゃ」

「布子はついて行きたがってるけどね。学校の仕事があんなに大変じゃ、とても……」

爽子らしい声がして、爽香は通話を切った。


検査のため一晩入院することになったあやめを病院に残して、爽香はまず実家へ向った。

「とんでもないことで手間取っちゃった……」

と、爽香は嘆息した。

しかし、あやめは幸運だったとも言える。強く頭を打ちつけていたら、命にかかわる状態になっていたこともあり得るのだ。

やはり、明日警察でできるだけ粘ってみよう、と爽香は思った……。

実家に着くと、

「大変だったわね」

と、母が出て来て言った。

「珠実ちゃんは？」

「もう寝ちゃったよ」

「そりゃそうだよね……」

「どうする？　何なら、あんたも泊ってけば？」

「うん……」

爽香も、実家に泊って、明日ここから出社すれば楽だが、今は兄の一家がいるので、爽香の寝る所がない。

「あ、おばちゃん」

綾香が風呂上りで、バスタオルを体に巻きつけた格好でやって来た。

「綾香ちゃん。何だか急に色っぽくならない？」

「いやだ。変なこと言わないで」

と、綾香は笑った。「あの絵のおばちゃんの方がずっと色っぽいよ」

「からかうな」

と、爽香は苦笑した。「明日が大変だから、今夜連れて帰るわ」

「そう？　抱っこしてじゃ重いだろ」

「電車に乗っちゃえば、何とかなる」

「明男さんに迎えに来てもらえば？」

「でも、疲れてるから。——私は今夜は遊んで来たから大丈夫」

ぐっすり眠っている珠実を起すのは可哀そうなので、できるだけそっと抱き上げて、

「お茶ぐらい……」

と言う母に首を振って見せ、

「じゃ、ありがとう」

と、小声で言って玄関を出た。

「待って」

綾香がジーンズで出て来た。「駅まで、バッグとか持ってくよ」

「風邪ひくよ。大丈夫だから」

爽香は、綾香がどれだけ頑張っているかよく知っていた。無理は言えない。苦労している
のは自分だけではないのだ。

「それじゃ……。鍵かけてね」

「うん。気を付けて」

と、綾香が玄関へ送りに出て、「あ、私、今度お給料上ったの」

「良かったね」

「先生の奥様が『上げてあげなさい』って言って下さって」

「じゃ逆らえないね、先生も」

カルチャースクールの講師、高須雄太郎《ゆうたろう》の秘書として、綾香はずいぶん気に入られているようだ。

「しっかりね」

「うん……」

爽香は、ずっしりと重い珠実を抱き直して夜道を急いだ。


「ああ……」

爽香は席を立つと、腰を叩いて、「もうトシだ」

と呟いた。

ゆうべ、珠実を抱っこして帰るのは、思った以上に大変だったのだ。電車から電話して明男に駅まで迎えに来てもらった。

「馬鹿だな。呼べばいいのに」

と言われても、言い返すだけの元気がなかった……。

今朝、出社してビルの管理会社の人と話したが、警察に届けることを、向うはいやがった。

その気持は分るが……。

昼前に、久保坂あやめから電話があって、

「検査、終りましたし、何ともないので午後から出ます」

正直、助かると思った。

「今日はだめだ……」

昼休みまであと十分。爽香は欠伸をかみ殺した。

机の電話が鳴る。——社長のお呼びだった。

「失礼します」

社長室へ入ると、

「何だ。元気ないな」

と、田端将夫《たばたまさお》が言った。

「もう若くないんです」

「何言ってる。座れ」

「ご用は……」

「国会議員の南《みなみ》さん、知ってるな」

「いつかパーティでご挨拶《あいさつ》しただけですが」

「〈N展〉のオープニングセレモニーに出席してくれ」

爽香は一瞬言葉がなかった。

「あの先生は〈N展〉の理事だ」

と、田端は言った。

「――そういうことですか」

「気は進まないだろうが、なに、行って挨拶すればいいだけだ」

爽香は嘆息して、

「業務命令ですね」

「そうじゃないが……」

「いえ、分ってます。出席します。――まさか、セレモニーで裸になれとは言われないでしょう」

田端は少し間を置いて、

「あのポスターを見たよ」

と言った。「君の気持は分る」

「ほんの何か月ですよね」

「そうさ。みんなじきに忘れる」

と、田端は言って、「南さんが、あの絵を売ってくれと頼んだが断られたそうだ」

「社長は買わないで下さいね」

チャイムが鳴った。

「昼休みだ。これで」

爽香が出て行こうとすると、

「ああ、そうだ」

と、田端が言った。「祐子《ゆうこ》に二人目ができたよ」

「え？——ああ！　おめでとうございます！」

と、爽香は言った。

「今度は女の子だ」

「そうですか。——それで、最近上機嫌なんですね」

「君のとこもどうだ、二人目は」

「私、今腰を痛めてまして。それどころじゃありません」

爽香は真面目くさって言うと、「失礼します」

と、社長室を出て行った……。


昼食をとりに出た爽香は、ビルの前であやめと出会った。

「大丈夫なの？」

「ええ。今からお昼ですか？　じゃ、一緒に！」

あやめの明るい笑顔を見ると、爽香はいつもホッとする。

二人で、お昼どきでもあまり混まないティールームに入り、サンドイッチを頼んだ。

「検査の結果はいつ分るの？」

「来週です」

と、あやめは言って、「――私、思い出したことがあるんです」

「何のこと？」

「ゆうべ突き飛ばされたときのことです」

「犯人のことで？」

「たぶん……。絶対に確かかって言われたら分らないんですけど」

「話してみて」

あやめは紅茶にたっぷりミルクを入れて一口飲むと、

「突き飛ばされて、すぐ気を失ったわけじゃなくて、痛みで目がくらんでる感じが何秒かあったようなんです。その間に、聞こえた気がして」

「何が？」

「ステッキの音です」

——爽香はコーヒーをゆっくりと飲んだ。

「それって、前に聞いたのと同じ？」

「それは分りません。ステッキの音のように聞こえただけで」

それはそうだ。たとえステッキの音だとしても、どれでも似たような音がするだろう。

しかし、あやめは前にもステッキの音を聞いている。——堀口の。

「証言できるか、って言われたら、分りません」

と、あやめは言った。「それに——あんな大家が、どうして私のことを突き飛ばしたりするんでしょう？」

「それは……。あの人からも、モデルになれと言われてるの」

「チーフが？　それで……」

「断って、納得してくれたようだったけど。——あの時間、会社に私が残ってると思ったのかもしれないわね」

と、爽香は思い付いて言った。

「それで、私がトイレに行くんで出て行って……」

「気付かれたと思ったのかもしれない。エレベーターに乗るのに、ステッキの音がすれば、あなたに聞こえる……」

二人はしばらく黙っていた。

サンドイッチが来て、

「想像だけじゃ、届けられませんね」

「そうね……」

二人はサンドイッチをつまんだ。

まさか、とは思うが。

それに、たとえ堀口があやめと出会ったとしても、逃げ隠れする必要はないはずだ。

やはり、あやめの思い過ごしだろうか……。

「おいしい」

あやめはサンドイッチをペロリと平らげると、「病院の朝食、まずくって!」

爽香はつい笑ってしまった。

20　セレモニー

「本当に来るの？」

と、三宅舞は言った。

「出席という連絡があったよ」

と、リン・山崎は答えた。「彼女のことだ。出席と言った以上、来るさ」

ホテルの宴会場フロアには、大勢のタキシード姿の男たちがやって来ていた。

まだ会場が開かないので、ロビーで待っているのだが、すでにいくつか話の輪ができていた。

山崎の心は晴れていない様子だった。

「まだ気にしてるの？」

と、舞は言った。「もうあの絵は世間に公開されたのよ。あなたが気にしても仕方ないわ」

「分ってる。――あの絵を評価してくれる人は沢山いるし、僕も作品としての出来には自信がある。しかし、やっぱり約束を破ったことは確かだからな」

「でも、あの絵のモデルとして名前が残れば、それはあの人にとっても名誉だと思うわ」

「考え方だな。彼女にとっては、夫と子供との暮しこそが大切なんだ」

「でも――」

「いずれ世間は忘れる。でも僕も彼女も忘れないさ。生きてる間はね」

と、山崎は言った。「開場したな。君、先に入ってたら？　僕はもう少しここで待ってみる」

先に入っても、話し相手もいないわ、と言おうとした舞は、山崎がさりげなく目をそらしているのに気付いた。

爽香が来たら、まず誰よりも早く、二人きりで話がしたいのだと気付いた。

「そうね。じゃ、入ってるわ」

と、舞は肯いた。

「受付には僕の名前を言ってくれ。君の名前を登録してある」

「分ったわ」

舞は、ゾロゾロと吸い込まれるように会場へ入って行く人々の間に混って、バッグを手にゆっくりと歩いて行った。

受付に、

「リン・山崎さんの連れです」

と、声をかける。「三宅舞です」

「はい、どうぞ」

小さなパンフレットをもらい、会場の入口で冷たい飲物を取る。

「失礼ですが、リン・山崎さんのお知り合い?」

と、背広姿の男が声をかけて来る。

「ええ」

「あの絵のモデル——じゃないですね、失礼しました」

舞の顔を見て、さっさと他の方へ行ってしまう。

杉原爽香。——その名前も、今は知れ渡っている。

むろん、〈N展〉に何の関心もない人たちは爽香のことなど知らない。ただ、あの絵の生々しい存在感は、TVのワイドショーなどでも取り上げられていた。

今若い女性に大人気の画家が、「恋人のヌード」を描いた。——これが一般の認識ということになるだろう。

「——堀口先生はみえるのか」

と声がした。

「みえるだろう。何しろあの絵に惚れ込んでる」

舞は会場の中へ足を運んで、

「――まさか」

と呟いて足を止めた。

スピーチをする壇上に、布をかけられた一枚の絵が。

あれは――あの絵だろう。

爽香がやって来て、その目の前で、実物の絵が披露される。

それはやり過ぎのような気がした。

妙なものだ。爽香と明男の間がうまくいかなくなればいい、と思いつつ、女として爽香に同情している自分がいた。

いや、明男が苦しむ姿を見たくない、と思っていたのか。

――一方、ロビーでは、山崎が爽香を待っていた。

ほとんどみんな会場へ入って、ロビーは閑散としていた。

「爽香……」

来ないつもりだろうか？

「堀口先生が、車で着かれたって」

という受付の女性の声が耳に入った。

そのとき――爽香がやって来た。

いかにも爽香らしい、地味なスーツ。

そして——爽香をエスコートしていたのはタキシードを着た明男だった。

「遅くなって」

と、爽香は言った。

「来たね」

「ええ。一人じゃ、こんな晴れがましい席、恥ずかしいんで、主人と一緒に」

「いらっしゃい」

山崎は進み出た。ごく自然に、二人は握手していた。

「あの絵が、壇上に」

と、山崎は言った。「止められなくてね」

「いいですよ」

と、明男が言った。「どんな傑作でも、こいつ本人以上じゃありませんからね」

一瞬、山崎は詰ったが、

「——おっしゃる通りですね」

と肯いて、「爽香さんは唯一無二の傑作ですよ」

「照れるからやめて」

と、爽香は微笑んだ。「山崎さん。今日堀口さんはみえるの？」

「今、車が着いたって言ってた。間もなくみえるだろう」

「別に、文句を言うつもりじゃないの。心配しないでね」

「そんな心配はしないよ。でも、言いたいことがあれば言っていい。特に、君は絵の世界の人じゃないしね」

爽香はそれ以上言わず、

「入りましょ」

と、明男を促した。「この人、招待状ないけど……」

「大丈夫。任せて」

山崎は先に立って受付へ行くと、来賓が胸につける白い花を二つ手に取って、爽香と明男につけた。

「案内するよ」

と、山崎は言った。

「堀口さんを待ってなくていいの?」

「あの人にはお付きがいる。——さあ、どうぞ」

立食のパーティ会場は、かなり騒がしかったが、爽香が入って行くと、徐々に波が広がるように静かになって行った。

会場の取材に来ていたマスコミのカメラが集まって来て、爽香を撮り始める。

「待って下さい」

と、山崎が爽香たちの前に入って、「この方たちは〈N展〉のお客様です。写真撮影は許可した時だけにして下さい」

爽香は、山崎の言葉を聞いて、カメラを素直に引いていくマスコミに、少々びっくりした。自分だったら、何を言われようと、二、三枚は撮ってしまいそうだ。

しかし、もちろん撮られたいわけではないので、

「ありがとう、山崎さん」

と、小声で言った。

「いらっしゃい」

三宅舞がやって来た。

「あら」

「僕の連れでね」

と、山崎が言った。

「ご主人、見違えちゃった」

と、舞は爽香に言った。

『馬子《まご》にも衣装』っていうのね」

と、爽香は返した。

「飲物をどうぞ」

と、声をかけられ、爽香はウーロン茶を取った。

会場を進んで行くと、居合せた人々の視線は爽香に集まった。——しかし、すぐに、

「堀口先生だ」

という声がして、人々の注意は会場へ入って来た「長老」へと向った。

爽香は、ステッキを突いて入って来る堀口を見ていた。——どこか違う。

「九十近いんだっけ？」

と、明男が言った。「元気だな、それにしちゃ」

「ステッキだわ」

「何が？」

「前のと違う。前は光が当るとオレンジ色に光るのだった。車に分るようにって。でも今は……」

黒光りするステッキは、むしろ堀口にはふさわしく見えた。

人々に囲まれていたが、堀口は目ざとく爽香に気付いていた。チラッと目が合って、爽香は頭を下げた……。

「〈N展〉のパーティだわ」

と、石谷由衣が足を止めて言った。

「本当だ。——ちょうど今?」

ホテルのロビーへ入って来た姉妹は、〈本日の宴会〉という案内板へ目をとめたのである。

「〈N展〉って、あのポスターのね」

と、由加が言った。

「そうよ、確か」

「あの人——杉原さん、だっけ。来てるのかな」

「まさか。モデルよ、あの人は。画家じゃないわ」

二人を、TV局のスタッフらしい数人が大きなTVカメラをさげて通って行った。一人がケータイで話している。

「例のヌードのモデルが来てるそうです! ——ええ、本物と絵を並べるんですって。——え? いや、まさかヌードにゃならないでしょ、会場で」

由衣と由加は顔を見合せた。

「あの人のことね、きっと」

「うん。——見に行こう!」

「入れてくれないんじゃない?」

「TV局の者です、とか言えば入れるわよ」

そういう点、由加の方が度胸がいい。「ね、行ってみよ」

二人は、ＴＶ局のスタッフを追いかけて行った。

由衣と由加は、食事をしにホテルへやって来た。由加は父、中河原のカードが使えるので、高い店でも平気だ。

「――あそこね」

由加が小走りに、ＴＶ局のスタッフに追いつくと、会場の受付を、「関係者です」という顔で通り抜けてしまった。

由衣はそこまで度胸がなく、手前で足を止めていた。

そうか。――父の名前を出せば入れるかもしれない。

由衣は、ケータイを取り出して、メールが来ているのに気付いた。

「この人……誰だっけ？」

ちょっと考えて、思い出した。父、中河原の顧問弁護士だ。由加と内海のことで、相談したことがある。

〈石谷由衣様
先日逮捕された内海修一ですが、今日保釈になっていることが分りました。むろん、何か起せば保釈は取り消されるので、大丈夫とは思いますが、念のためお知らせします……〉

「内海が……」

保釈された？

由衣は思わず周りを見回してしまった。

もちろん、こんな所に由加がいることなど知っているはずもないが……。

由加が中から出て来て、

「早くおいでよ！」

と、受付など全く無視して、由衣の手をつかんで会場の中へ引張《ひっぱ》り込んだ。

「では、開会のご挨拶を、理事長に……」

司会者の声が、マイクを通しているのでビリビリと割れる。

「あれ、見て」

由加が壇上を指さす。

あの絵の実物があった。それほど大きくないが、存在感はやはりポスターと大違いだ。

「あ、ごめんなさい」

肩がぶつかって、由衣はそう言ったが、「――あ、杉原さん」

当の「モデル」がそこにいた。

「ああ、石谷さん、でしたか」

「妹の由加と二人です」

「お元気そうですね」

「おかげさまで。妹もずいぶん……」

――爽香は、瀬沼から、

「姉妹同時に別れました」

という連絡をもらっていた。

由衣の方はともかく、妹の由加の方が、若いだけ思い切るのも早いのだろう。

「あの絵ですね」

と、由衣は言った。

「ええ」

と、爽香は肯いて、「恥ずかしいことは確かですけど、見慣れてしまうと……。いい絵なんでしょうか、本当に？」

拍手が起って、堀口がステッキを手に壇上に上るのが見えた。

21　永遠の秘密

壇上に上った堀口は、マイクの前に立とうとして、一瞬よろけた。

パーティ会場の中が静まり返り、そばにいた幹事の画家があわてて駆け寄った。

「大丈夫だ」

堀口は肯いて見せてから、マイクに向った。会場の中を見渡すと、

「また〈N展〉の開幕に立ち会うことができて、幸せだ」

と言った。「毎年、ここで『今年が最後になるだろう』と話して来たが、今年は言わないことにする。何だか最近、私は自分が死なないような気がして来たのでね」

場内に拍手が起った。堀口は続けて、

「しかし、死なないまでも、体が弱って行くのは確かだ。精神がそれを補うとしても、いつまでもそうはいかない。私は……」

堀口の体がフラッと揺らいだ。そして、

「申し訳ない。少々血圧が高くなり過ぎているようだ。——落ちついたら、改めて話を……」

堀口はそのまま壇から下りた。両側から支えられつつ、会場を出て行く。

「急に老けたわ」

と、爽香が言った。「何かあったのかしら……」

「何か食べるか？」

明男は呑気に、料理のテーブルを眺めている。

「明男、好きなもの食べてて」

と、爽香は言った。「タッパーウェア持って来て、詰めて帰りゃ良かったね」


〈控室〉には誰もいなかった。

「先生、こちらで大丈夫ですか？」

と、幹事が訊くと、堀口は、

「うん。しばらく座っていれば治るよ」

「一人、つけておきましょう」

「その必要はない。一人にしてくれ。その方が助かる」

「分りました」

堀口の言葉に逆らう者はない。付き添って来た二人は〈控室〉から出て行った。

堀口は息をつくと、しばらくじっと目を閉じていた。——やがて、ステッキをテーブルの

上に置くと、上着の内ポケットに手を入れ、ゆっくりとガラスの小びんを取り出した。

手にしたそのびんを、じっと見つめる目は、どこか悲しげで、また燃え立つようでもあった。

「――それ、何ですか？」

と、声がして、堀口はびっくりしてドアの方へ目をやった。

ドアが開いて、入って来たのは――。

「君……」

堀口は言った。「大丈夫かね」

「あなたがそんなことを訊くんですか」

と久保坂あやめが言った。

堀口はガラスのびんをポケットにしまうと、

「すまなかった」

と言った。「どうかしていたんだ」

堀口はあやめを見て、

「私のことを……」

「警察には言っていません。杉原さんには、『もしかしたら』とだけ言ってあります」

「そうか……」

堀口は小さく肯いた。

「今夜、杉原さんとお会いになるだろうと思ったんで」

と、あやめは堀口の傍に立つと、「心配になって来てみたんです。杉原さんは知りません」

「心配、とは？」

「これ以上、杉原さんをスキャンダルに巻き込まないで下さい。あんなに真面目で、ご主人を愛してらっしゃる人が、あんな一枚の絵のせいでとやかく言われるなんて……。一緒に働いている者として、許せません」

あやめはちょっと息をついて、「――だから私、黙っていたんです。あなたにされたことを」

堀口はあやめから顔をそむけて、

「思い出させないでくれ」

と言った。「自分を恥じているよ」

「当り前です。――杉原さんに、もうつきまとわないで下さい」

「分っている……」

あやめは会釈して、

「失礼します」

と、〈控室〉を出て行った。


「あやめちゃん」

爽香は、ロビーに出て来たあやめとバッタリ出会って、「何してるの?」

「いえ……。ちょっと……」

あやめは口ごもって、「あの……大丈夫かな、と思って」

「大丈夫って?」

「つまり……マスコミが色々やって来てるだろうし」

「心配いらないわよ。主人も一緒だし」

「見かけました。すてきですね、タキシード姿」

「そう? ちょっと間違えればボーイさんだわ」

と、爽香は言った。「ね、あやめちゃん。もしかして、今、堀口さんと会ってたの?」

あやめは詰った。しかし、二人がそれ以上話をしない内に、当の堀口がロビーへ出て来たのだ。

「堀口さん。もう少しお休みになっておられた方が」

「いや、早々に仕事を済ませて帰ることにするよ」

堀口はステッキを使いながら、「すまないが、ちょっと肩を貸してくれるかね」

「ええ、もちろん」

老人を扱うのは慣れている。堀口を支えて会場の方へゆっくり歩いて行くと、受付にいた男性が走って来た。

「先生！　――後は僕が」

「よろしく」

と、爽香が任せると、堀口は、

「君も来てくれ」

と、爽香に言った。「君を紹介するのは私の役目だ」

「そんな必要ないじゃありませんか」

と、あやめが強い口調で言った。

「これ以上杉原さんのことを――」

「いいのよ」

と、爽香があやめを止めて、なだめた。「今日は、話題になることを承知で来たんだから」

「でも……」

「ありがとう。嬉しいわ」

と、爽香はあやめの肩を抱いて言うと、「参りましょう」

堀口について会場へと入って行く。

出席者たちは、もう大分飲んでいて、中は騒がしかった。司会者が、

「お静かに！　堀口先生が戻られました」

と、くり返してやっと静かになる。

堀口は壇上に上ると、爽香を促すように見た。爽香は堀口から少し離れて立った。

「――今日は、この人を紹介しなくては私の役目が終らない」

と、堀口はマイクに向って言った。「ここに飾った、リン・山崎君の傑作、裸婦像のモデル、杉原爽香さんだ」

ステッキを持っていない左手で、堀口は爽香を手招きした。爽香が歩み寄ると、カメラが一斉《いっせい》にシャッターを切る。

「これは、誰が見ても、リン・山崎君の個人的告白だ。しかし、私はこれを公開すべき名作だと思った」

堀口は爽香の方へ、「絵のそばに立ってくれるかね」

爽香は壇上に置かれた絵の後ろを回って、すぐ傍に立った。カメラのフラッシュがまぶしい。

そして、同時に場内には拍手が起った。爽香はすぐ目の前に明男と山崎が立っているのを見て微笑んだ。

「だが――」

と、堀口が続けた。「私は今、後悔している。この絵に出会わなければ良かった、という気持だ」

場内に当惑の空気が広がった。しかし、大方何か気のきいたジョークでも言うのだろう、と誰もが思っていた。

「この絵は、じき九十になろうという私に、『女』を思い出させた。若い日々の、私が愛した女たちを」

場内から、

「〈美術界のドン・ファン〉健在！」

と、声がかかって笑いが起った。

堀口は微笑むと、

「そうだ。若いころ、私はそう呼ばれていた。四十代、五十代になっても。――だが、九十になろうとする今、生身の『女』は、あまりに辛い存在だ」

そう言うと、堀口は爽香の方を向いて、「君には本当に申し訳ないことをした」

爽香は戸惑った。

堀口の表情が変っていたのだ。――それは、これまでいくつも事件に係《かかわ》り、命の危険にもさらされて来た爽香だからこそ、感じ取ったのかもしれない。

爽香を見つめる目に、危険なものがあった。その爽香の思いを、堀口の方も感じたのかもしれない。

「心配いらない」

と、堀口は言って、上着のポケットから、小さなガラスのびんを取り出した。「君を傷つけるようなことはしない」

びんのふたをねじって開ける。久保坂あやめが、

「気をつけて！」

と叫んだ。

だが——堀口は山崎の裸婦像へ歩み寄ると、びんの中の液体を、絵に注ぎかけたのである。

場内が凍《こお》りついた。

爽香の裸像が溶けて、キャンバスが焼けこげて行った。鼻をつく匂い。

硫酸《りゅうさん》？　爽香も愕然として動けなかった。

しばし、会場内は静寂に支配されていた。写真を撮る者もいない。

堀口は、空になったびんを、手から落とした。びんは割れずに床を転った。人々があわてて後ろへ退《さ》がる。

「——堀口さん」

やっと口を開いたのは爽香だった。

「これは私の闘いだった」

と、堀口は言った。「女の誘惑を断ち切るには、こうするしかなかった」

見えない縄が解《ほど》けたように、人々がざわつき始めた。

「先生！　どうしてですか！」

と、進み出てきたのは遠藤弘太郎だった。「この絵は永遠に残る傑作だとおっしゃったのに！」

堀口は黙って微笑んだ。それは「お前には分らんよ」と言っているかのようだった。

すると、山崎がすっかり失われてしまった絵へと歩み寄ったのである。

「山崎君」

と、堀口が言いかけると、山崎は遮《さえぎ》って、

「これで良かったんです」

と言った。「本当は僕がこうすべきでした。でも、惜しいという気持がどうしても捨てられなかった」

山崎は爽香を見て、

「これで約束を守ったことにしてくれるかい？」

と訊いた。

「山崎君……。いいの？」

「もう絵は消えてなくなったよ。もう二度とあの絵は描けない。しかし、僕の頭の中に、残っている」

「そう。――それならいいけど」

と、爽香が肯く。

山崎は壇に上ると、

「居合せた皆さん」

と呼びかけた。「この絵は謝って破損したのです。僕自身が、自分の作品を台なしにしてしまったのです。そうご承知下さい」

誰も異議を唱えなかった。

堀口はよろけて、山崎と、壇に飛び上った明男に支えられた。

「先生をお送りして」

と、山崎が言うと、幹事が駆けて来た。

堀口は一歩一歩、やっと足を動かしているという様子で、支えられながら会場を出て行った。

人々は夢からさめたように、話を始めた。

爽香は壇から下りると、

「こんなことになるなんて」

と、首を振った。

「驚いたな」

と、明男も息をついて、「しかし――あの人、もう長くないんじゃないか」

爽香もそう感じていた。おそらく、会場に居合せた人々の中に、堀口の死期が近いと察している者は少なくなかっただろう……。

「チーフ！　無事で良かったです」

あやめがやって来て、爽香の手を握った。

「ありがとう。心配かけたわね」

爽香は、一瞬感じた危険を、思い出していた。

あのとき、堀口は硫酸を爽香にかけるつもりだったのではないか。しかし、堀口はその誘惑に打ち克《か》ったのだ。

「しかし、この出来事、どう報道されるのかな」

と、明男が言った。

「さあ……。何しろ文化勲章の人だものね」

と、爽香は言って、「帰りましょうか。もう私たちに用はないわ」

会場を出たところで、石谷由衣と由加の姉妹と一緒になった。

「杉原さん……。凄い場面に出会ってしまいました」

と、由衣が言った。

「本当！　あんなお年寄が、まだ『男』なのね」

と、由加はそっちの方に感心している。

「杉原さん、私たち、この中で食事して帰りますけど、ご一緒にいかがですか？　先日のお礼も、ちゃんと申し上げていませんし」

と、由衣が言った。「妹は父のカードを持っていますので、どこででも召し上っていただけます」

「まあ」

爽香は笑って、「私たちも何か食べて帰らないと。ちゃんと分けて払いましょう。あやめちゃんもどう？」

「お邪魔でなければ」

支払いのときには少々もめそうだったが、ともかく五人連れで、ホテルの中のレストランに入ることになったのである。

22　ステッキ

「内海が保釈されたの？」

姉の話を聞いて、由加は眉を上げ、「あんな奴、どうして野放しにするの？　ふざけてる！」

と、怒っている。

「大丈夫だろうけど、用心に越したことないわ」

と、由衣は言った。

「平気よ。あんな奴、叩きのめしてやる！」

「勇ましいね」

と、明男が笑った。

恋人だった男でも、こうなると未練どころじゃない。爽香は苦笑した。

食事をしながら、会話はほぼ当りさわりのないことに集中した。

爽香はあの瀬沼が由衣と由加の姉妹と別れたと聞いている。しかし——本当だろうか？

理屈で分っていても、そう簡単に割り切れるのか。堀口ほどの年齢になっても、人は迷うのだ。

恋のためなら、人はいくらも嘘をつく。そういうものだ。

明男が目を上げた。爽香が振り向くと、山崎と三宅舞がレストランに入って来たところだった。

山崎が気付いてやって来ると、

「お騒がせして」

と言った。「後の始末に手間取ってね。これから食事だ」

「ご苦労さま」

と、爽香は言った。

山崎と舞は少し離れたテーブルに落ちついた。

「あの人の絵なんでしょ、さっきの」

と、由加が言った。「ポスターだけが残ったのね」

爽香は、山崎と舞がメニューを見ながら笑い合っているのを眺めていた。この時間、他のレストランは時間が半端で入りにくいだろうから、ここへ来るのはふしぎではない。

しかし——山崎と舞、二人の胸の内はどうだろう？

そして明男。あなたは？

「あ、ケータイが」

爽香はバッグからケータイを出して、「珠実ちゃんだわ。——もしもし」

「ママ、どこ？」

「うん、今ご飯食べてる。珠実ちゃんは食べた？」

「うん、おばあちゃんと」

「良かったわね」

話しながら席を立って、爽香はレストランから出た。

ロビーのソファにかけて、

「もうじき迎えに行くからね。おとなしくしててね」

と、爽香は言った。

「ママ、シャシャして」

「え？　今？」

「シャシャ」とは、「写メール」のことで、爽香が一度出張先から自分の写真をメールで送ったら、珠実はすっかり気に入ってしまい、ちょくちょく母、真江のケータイから自分の写真を爽香へ送って来るのだ。

「はいはい。じゃ、珠実ちゃんもシャシャしてね」

「うん！」

爽香は明男を呼んで来て、二人の写真をレストランの人に撮ってもらうと、母のケータイへ送った。

「珠実ちゃんから送って来るわ。ここで待ってる」

「よし、僕もいるよ」

二人でソファにかけていると、

「見ていいですか？」

と、由加が出て来た。

「ええ。——あ、今来たわ」

珠実の写真を見せると、

「可愛い！」

と、由加は声を上げた。「いいなあ、やっぱり子供って」

「まだ若いじゃないの」

「でも——ろくでもない男にしか好かれないの」

「まあ」

と、爽香は笑った。

「姉さんは『それも勉強よ』って言うけど、勉強ばっかりしてる内に三十になっちゃう」

と、由加はふくれっつらをしたが、突然ハッと息を呑んで、「内海だ」

「え？」

爽香は、由加の視線の先へ目をやった。下りのエスカレーターに男の頭が消えるところだった。

「保釈になったって男？」

「ええ。チラッとしか見えなかったけど……。でも、似てた」

由加は、じっとエスカレーターの方を見つめている。

「ここにあなたが来ていることを？」

「知らないでしょうけど……。でも、このホテル、父が会員だから、内海ともよく来たわ」

「じゃ、可能性はあるわね。――ともかく中へ戻って。あなた、お願い」

「うん」

ケータイにまた珠実からかかって来たので、爽香は先に明男と由加をレストランの中へ戻した。

「――内海が？　本当？」

由衣が聞いて驚く。

「はっきり見えたわけじゃないけど」

「でも、用心しましょ。これだけ大勢いれば大丈夫よ」

「ホテルに頼んで、ガードマンを付けてもらえばいい。タクシーに乗るまで」

と、明男が言った。

「それがいいわ。こんなときは、お父さんの名前を出して」

と、由衣は言って、レストランのマネージャーを呼んだ。


中河原の名前の効果は大したもので、レストランを出ると、制服のガードマンが二人待機していた。

「タクシー乗場はこの下です」

「よろしく」

爽香たちは地下鉄で帰るつもりだったが、ともかくタクシー乗場まで一緒に行くことにした。

「すみません、お騒がせして」

と、由衣が言った。

「いいえ。充分気を付けて下さいね」

と、爽香は言った。

「チーフこそ」

と、あやめがからかった。

フロントのあるフロアへ下りて、正面玄関を出る。

夜風は冷たいが、少しほてった頰には心地良かった。

「やあ……」

堀口が立っていた。

「堀口さん……」

「めまいがしてね。今まで横になっていたんだ」

「お一人ですか？」

「今、車を呼びに行ってる」

堀口は穏やかな口調になっていた。「いつまでも現役のつもりでいた。もう引退の時期だね」

「空車が」

と、ガードマンが言った。

タクシーが一台やって来て停る。

「じゃ、お先に」

と、由衣が爽香へ言った。

「ごちそうさま」

結局、由加のカードで支払ったのである。

由衣が先に乗って、由加が続こうとしたとき、

「由加！」

と、かすれた叫び声がした。

玄関脇の植込みから飛び出して来た内海が走って来た。ガードマンの一人が前を遮ると、内海は手にした刃物でガードマンの腕に切りつけた。

ガードマンがよろける。内海が由加へと駆け寄ろうとすると、

「待て！」

堀口がステッキを内海の前へ突き出した。

内海の足がステッキを引っかけると、堀口がそれに引かれて転んだ。

「堀口さん！」

内海が膝をついた。ステッキが二つに折れる音がして、破片が散る。

もう一人のガードマンが、内海の背中に体当りした。うつ伏せに倒れた内海を、体で押え付ける。

ホテルのベルボーイが駆けて来て、内海の手の刃物をもぎ取った。

「堀口さん！　大丈夫ですか！」

堀口を助け起こしたのは、あやめだった。

「ああ……。けがはない。その子は無事か」

「ええ、大丈夫です」

「それは良かった……」

立ち上ろうとして、堀口は崩れるように倒れた。

「救急車を！」

爽香は大声で言った。「急いで！」

他のベルボーイがフロントへと駆けて行った。

「どうしたんです！」

山崎が舞と一緒に出て来て、驚いて声を上げた。

「私のせいで……」

由加が青ざめて立ち尽くしている。

「由加……」

由衣が妹の肩を抱いた。

「――山崎君か」

堀口が目を開けると、苦しげに息をして言った。

「今救急車を呼んでます」

と、爽香が言うと、

「なに……。もうこれきりになっても……一向に構わん」

と、堀口はかすかに笑みを浮かべて、「山崎君……。最後は、そこの可愛いお嬢さんを守ったよ……」

「堀口さん、大丈夫ですよ！」

「やっぱり……男は女性のために生きるものだ……」

堀口は咳《せき》込んだ。

救急車が来ると、山崎は、

「僕が乗って行く」

と言った。「すまないけど」

「いいの。行って」

と、舞は肯いた。

救急車がサイレンを鳴らして走り去る。

「――警察には私が話します」

と、由衣は言った。「珠実ちゃんが待ってますよ。帰られて下さい」

「じゃあ……。タクシーで帰る？　その格好で地下鉄もね」

と、爽香は言った。

「そうだな」

タキシード姿の明男は自分の服を見下ろして、「何の帰りかと思われるな」

「私は電車で」

と、あやめが言った。「どうぞ、チーフ」

「うん。――ありがとう」

爽香たちはタクシーに乗って、ちょっと手を上げて見せた。

舞が少し離れて見送っている。

タクシーが夜の街を走り出すと、

「何だか大変な夜だったね」

と、爽香は言った。

「うん……。明日の新聞は一体どういう記事になるんだ？」

「さあ……。どうなるかしら」

「爽香」

「うん？」

「ポスター、一枚もらっとけよ」

と、明男は言った。

23　老いの影

「何かあったらしい、とは聞いていたがね」

と、田端は言った。「そんなドラマチックなことがあったのか。僕もセレモニーに出れば良かったたな」

「一つ間違えれば、硫酸かけられるところだったんですよ」

と、爽香は言った。「社長に万一のことがあったら……」

「心配性だね」

「二人の子持ちになられるんです。自重なさって下さい」

——爽香は、社長の田端に、あの〈N展〉のセレモニーでの出来事を一応報告しに来たのである。

新聞やＴＶでは、山崎の絵が「取り返しのつかない損傷を受けたので、出品を取り止めた」とだけ報道されていた。

「では、これで——」

と、爽香は一礼して、社長室を出ようとしたが、「そういえば、社長」

と、足を止めて振り向く。

「どうした？」

「〈S文化マスタークラス〉の次の私の仕事は決っているんでしょうか。伺わせていただければ……」

「そうか。ごめん。すっかり放っておいたようだな。しかし、実際君に何を任せるか、まだ迷ってるんだよ」

と、田端は言った。「君、何かやりたいことがあれば言ってみたまえ」

「できるだけ楽で、充分なお給料をいただける仕事がいいです」

と、爽香は真面目くさって言うと、「クビにだけはしないで下さい」

田端の笑顔が明るかった。

——席へ戻ると、久保坂あやめがチラッと顔を上げ、爽香を見た。

「どうしたの？」

と、席につくと、爽香は言った。

「何ですか？」

「ごまかさないで。私に気をつかって黙っていられたら辛いわ」

「どうして分るんですか？」

と、あやめはため息をついた。「今、病院から電話で」

「病院？」

「放っとけばいいんだと思います」

「そんなこと言って……。何だったの？」

「あの大先生です」

「それって――堀口さんのこと？」

「ええ。入院してる病院から、『堀口さんが杉原爽香さんにぜひ会いたいと言っています』って……。今さら用なんかないでしょう」

「どう返事したの？」

「『杉原は大変忙しいので、時間が取れるかどうか分りません』って言っときました」

「まあ」

と、爽香はちょっと笑って、「私に会いたいって？　何のご用かしら」

「ですから放っとけば――」

「そうもいかないでしょ。具合はどうなのかしら」

「まあ、今日明日どうにかなるってことはないみたいですよ。でも、何とも言えないってことでしたが」

「――そんなに悪いの？　じゃあ、行って来なきゃ。後回しにして、万が一ってことになったらいやだもの。あなたは来なくていいのよ」

と、爽香が立ち上ると、

「そんなのだめです！　行くのなら、私も一緒に」

何だか、妙にこだわっているあやめだった……。


〈面会謝絶〉

の札が、ドアにかかっていた。

「あの……」

と、爽香は通りかかった看護師へ、「堀口さんの病室は、ここでいいんでしょうか」

「どなたですか？」

「堀口さんが会いたいとおっしゃっているとうかがって……。杉原ですが」

「ああ、それならどうぞ。〈面会謝絶〉はマスコミ対策ですから」

「はあ、どうも……」

いささか拍子抜《ひようしぬ》けという様子だ。

「だから放っとけって……」

と、あやめは言った。

「今さらしょうがないでしょ」

爽香が病室のドアをノックすると、少しして開いた。立っていたのは山崎だった。

「ああ……。来てくれたのか」

「堀口さん、具合は？」

「入ってくれ。良くはないが、話はできるよ」

爽香が病室に入ると、奥のベッドで堀口がちょっと手を上げて見せた。

「――凄い病室」

と、あやめが小声で言った。

付き添いの人間のベッドも入っていて、広い特別室だ。

「――いかがですか」

ベッドのそばへ行って、爽香は訊いた。

「わざわざすまなかったね」

と、堀口は言った。

お元気そうで、とは爽香は言わなかった。病人に向っては慰《なぐさ》めにならないだろうし、今
堀口は確かに生気を失っていた。

「検査をさせないんで、医者が困ってるよ」

と、山崎が言った。

「検査ってのは疲れるんだ。そんなことで寿命を縮めるなんてごめんだよ」

と、堀口は言って、「君も来てくれたのか」

と、あやめに目を向ける。

「付き添いです」

と、あやめは言った。

「石谷由衣さんから、お礼を申し上げてくれと頼まれました」

と、爽香が言った。

「無事で良かった。――ステッキが役に立ったね」

「折れてしまいましたね」

「いいんだ。年寄りは、若い人々を支えるステッキの役を果たさなくてはね……」

と、堀口は言って微笑んだ。

「元気のないことをおっしゃって」

と、爽香が言ったとき、

「失礼します」

と、看護師が顔を出して、「杉原さんにお電話が」

「すみません」

なぜここに？　――爽香は病室を出た。

ナースステーションで電話に出ると、

「——お呼び立てして。高品です」

瀬沼の部下だった高品沙苗である。

「瀬沼さんから昨日のこと、伺いました」

「はあ。それが何か？」

「こんな話、ご迷惑と思うんですけど、瀬沼さん、あの妹さんの方と別れていないらしくて。奥さんにそのことが知れて、大変なことになっているんです」

「はあ、そうですか。でも私におっしゃられても——」

爽香もいささかうんざりしていた。瀬沼の浮気の仲裁までは手が回らない。

「よく分っています」

と、高品沙苗は言った。「ただ——杉原さんに聞いておいていただきたかったんです」

「それは……どういうことですか」

爽香は戸惑った。

「他に誰もいなくて。申し訳ないと思ったんですが、杉原さんに私の気持を……」

「高品さん。あなた、瀬沼さんのことが好きなんでしょ？」

「ご存知ですか」

「分ります、それぐらいのこと。でも、実らない恋ですよ。どこかで断ち切らないと」

少し黙っていてから、沙苗は言った。

「ありがとうございます。でも――断ち切るって、とても難しいんです。何年もずっと胸の奥に秘めていた感情を」

「そうでしょうね。でも、これからの人生の方がずっと長いんですよ。もっともっと、色んなことが起ります。今は瀬沼さんのことしか見えなくても、いずれ他の男性も現われますよ」

そう言って、爽香は少し照れたように、「私もその方の経験は乏しいんですけどね」

と付け加えた。

「ありがとうございます。でも――やっぱり私が命がけで思い詰めた人なんです、瀬沼さんは」

「高品さん――」

「失礼します」

唐突に切れた。

爽香は、何か不安に捉われていた。

今の高品沙苗の話し方は、どこか危険に感じられた。

爽香はケータイを取り出すと、急いで病院の奥の階段の辺りへ行って電源を入れ、かけてみた。

「もしもし」

「瀬沼さん？　〈G興産〉の杉原です」

「やあ、どうも。色々とご心配かけて——」

「それより今、どちらですか？」

「今ですか？」

瀬沼の周囲がやかましい。「これから地下鉄でそちらの社へ伺うつもりで」

「うちの社へですか？」

と、爽香は言った。「瀬沼さん、もしかして、高品沙苗さんと会うんじゃないですか？」

「どうしてそれを……」

「やっぱり。どこで会うことになってるんですか」

「おたくの社の近くにあるパーラーですが」

「そうですか」

爽香はちょっと考え込んだ。

「あの——すみません、電車が来るので」

と、瀬沼が言った。

ゴーッという音が聞こえてくる。

「分りました。じゃ気を付けて下さい」

通話は切れた。近付く電車の音で、瀬沼には爽香の最後の言葉が聞こえなかっただろう。

「——仕方ないわね」

と、爽香は呟いた。

そこまで気をつかってはいられない。

爽香は病室へ戻って行った。


瀬沼はちょっと首をかしげていた。

地下鉄に乗っていると、電車の音だけで他に何も聞こえないから、却って考えごとをするのには向いている。

「しかし、確かに……」

瀬沼が、〈G興産〉へ向っていたのは、高品沙苗から、

「〈G興産〉で、ぜひ瀬沼さんと面接したいって言って来てるんです」

と言われたからである。

本当にな。——高品君は本当によく力になってくれている。

ただ、当然杉原爽香を通しての話だと思っていたのだが、今の様子では何も知らないらしい……。

まあ、しかし——彼女には、由加とのことを知られている。別れたと言ったが、実は続いていることを、察しているかもしれない。

由加とのことは、あくまでプライベートな問題だ。しかし、雇ってもらえるかどうかという話になると、そういう私生活の問題も無視できないかも……。

「俺のせいじゃないんだ……」

そう。瀬沼は別れるつもりだった。由加にもはっきりそう言った。

しかし、由加の方が、

「絶対諦めない！」

と、しがみついて来たのである。

そうなると、瀬沼自身、心の奥底では「別れるのは惜しい」と思っていたのだろう、たちまち決心はどこかへ飛んで行ってしまった……。

「あなたがいなかったら、私、だめになっちゃう」

その殺し文句で、瀬沼には、「これは俺のためじゃない。彼女を救うためなんだ」という口実ができた。

――ちょうど目の前の席が空いた。

腰をおろして、ケータイを取り出すと、ちょうど由加からメールが入って来ていた。

〈私の恋人さん！

ゆうべのこと、びっくりしたでしょ？

私をしっかり守ってくれなくちゃだめよ！　内海はもう手出しして来ないと思うけど、これからだって、どんな危険が私を待ってるか知れないわ。

こんなかよわい私のことが心配じゃないの？

今夜も会ってね！　絶対よ！

由加〉

「まるで子供だな」

と、瀬沼は笑って呟くと、メールに返信しようと……。

〈可愛いわがまま娘さん！

あんまり僕をいじめないでくれよ！

今夜は少し遅くなるかもしれないけど、いいかい？　少々くたびれてるからね、無理を言わないでくれよ。

僕だって会いたいのはもちろんだ。でも、これから高品君とも会わなきゃいけないから……〉

手が止った。

何となく、視線を感じたのである。

瀬沼は、隣に座っている女性を見た。

「――高品君」

高品沙苗が座っていたのである。そして、瀬沼のケータイを見ていたのだ。

「いつからいたんだ？」

「前の駅で」

と、沙苗は言った。

「そうか。気が付かなかったよ」

瀬沼がケータイをたたんでポケットへしまおうとすると、沙苗はいきなりそれを取り上げて、床へ叩きつけた。

呆気に取られている瀬沼の前で、沙苗はケータイを靴で何度も踏みつけた。周囲の客がびっくりして眺めている。

「――おい！　何てことするんだ！」

瀬沼がやっと怒鳴ると、沙苗は立ち上って、

「あなたは……ひどい人！」

声を震わせて言うと、乗客の間をかき分けて行ってしまった。

瀬沼は、幻でも見ているように、床で無残に壊されたケータイを見下ろしていた……。

24　襲う闇

「大変ね、結構！」

と、爽香は息をついた。

「そうですね」

と、あやめが言った。「片付けるだけだと思ったけど、そう簡単にいかないんですね」

二人は、〈S文化マスタークラス〉の事務室に来ていた。もう夜のクラスだけなので、事務員はほとんど残ってない。

爽香とあやめは、ここに置いてある〈G興産〉側の資料などの整理に来ていたのだが……。

「――お疲れさまです」

長谷部仁美が外出から戻って来た。

「お帰りなさい」

と、爽香は言った。「お邪魔してるわよ」

「どうぞ、いつまででも」

「あと三十分で、一日切り上げる」

「誰かお手伝いすればいいのに。すみませんね」

「私たちでなきゃ分らないわよ」

爽香はパラパラとファイルをめくって、「一つ一つ、懐かしいわね。ついこの間のことみたい」

「チーフ」

と、あやめが顔をしかめて、「そんなことしてるから終らないんですよ」

「はいはい」

爽香はあわててファイルを閉じた。

「あ、ちょうど教室が終ったんですね」

ロビーに人が出て来る。窓口を空《から》にしておけないので、仁美が急いで窓口に戻った。

「――やあ、いたのか」

高須がやって来て、爽香に声をかけた。

「ご苦労さまです。綾香ちゃん、います？」

「ああ。片付けて、今来るだろ。来週、北海道へ出張だ。構わないかね？」

「仕事なら当然です」

「最近は簡単なスピーチや挨拶の原稿なら、あの子に任せられるようになったよ。助かってる」

「すっかり大人になりました」

「そうだな……。もう二十四か？　女としては、これからが花開くところだな」

「先生」

と、仁美がつついて、「手を出しちゃだめですよ」

「おい、よせよ。もうそんな元気はない」

「本当ですか？」

そこへ綾香が資料の束を抱えてやって来たので、みんなが笑った。

「――何かおかしい？」

と、綾香がふしぎそうに言った。

「そうじゃないの。ご苦労さま」

と、爽香は言った。「もう帰るの？」

「一旦、オフィスに寄って、これ置いて来ないと」

爽香のケータイが鳴った。

「山崎君だ。――もしもし」

「突然すまない」

山崎の声は緊張していた。「堀口先生のことで……」

「具合、悪いの?」

爽香はあやめの方を見た。

「いや、それが――病室からいなくなった」


「本当に人騒がせですね!」

と、あやめが何度もくり返した。「放っときゃいいんですよ、どこで倒れてようと」

タクシーは、病院の前に着いた。

「――山崎君、何か分った?」

と、タクシーを降りて、爽香は待っていた山崎に訊いた。

「いや、今のところさっぱりだ」

「見かけた人はいないの?」

「今、病院のスタッフも捜してくれてるよ。でも手術が入ったりして、手がないんだ」

「困ったわね」

ともかく、爽香たちも病室へ行くことにした。

「スーツを着て行ってる。病院の外に出てるのかもしれないな」

爽香は腕時計を見て、

「私、ちょっと実家に電話してくる」

と、廊下の奥の公衆電話に向った。

母に事情を説明して、

「ごめんね。遅くなったら、珠実ちゃん、寝かせといて。明男は残業だって言ってたから」

と言って切った。

コツ、コツ。――受話器を置いて、爽香はハッとした。あの音……。

どこだろう？　あれは確かに……。

少し遠ざかって行く。堀口のステッキの音だ。

山崎とあやめは病室に入ってしまっていた。爽香は階段の方へと歩いて行くと、耳を澄ました。

コツ、コツ。――階段の上の方から聞こえて来る。

爽香は階段を上って行った。

二階分上ったところで足を止めた。――堀口が、階段の途中から爽香を見下ろしていた。

「堀口さん。どうなさったんですか？　みんな心配して捜してますよ」

と、爽香は言った。「でも良かった、ご無事で。さあ、病室に戻りましょう」

「私はもうこんな年齢だ。好きにさせてくれ。生きるのも死ぬのも」

と、堀口は言った。「このステッキ、どう思う？」

それは、車のライトを受けてオレンジ色に光るステッキだった。

「実用的ですね」

「そうだ。別に長生きなどしたくない、と広言していた私が、車にはねられたくないからと、このステッキにした。後で気付いて、我ながらおかしかったよ」

「でも、それは自然なことですよ。車にはねられて死ぬのは、長生きしたくないというのと少し違うでしょう」

「だが、問題は生き方、死に方だ。私は多少人に知られた人間として、恥ずかしくない死に方をしたい。手伝ってくれないか」

「私がですか？」

「ここの屋上の柵《さく》は高くて乗り越えられない。ちょっと手を貸して、押し上げてくれたら、何とか……」

「なぜそんなことを？　まだお元気で、絵だって描けますよ」

「いや『晩年の堀口豊の絵は、明らかに質が落ちていた』などと言われたくない」

そのとき、

「私が手伝いましょうか」

と、声がした。

いつの間にか、あやめが爽香について来ていたのだ。

「あやめちゃん」

「恥ずかしくない死に方、だなんて！　誰だってみんな、みっともなくバタバタ生きてるんじゃないですか？　あなたが聖人君子みたいに装ったって、無理な話です」

あやめは爽香の方へ、「私がトイレで倒れてたとき、この先生はね、私を犯そうとしたんです」

「え？」

「うつ伏せに倒れた私の上に馬乗りになって、スカートまくって、下着を下ろして……。でも、結局できなかったんです。私に『このことは誰にも言わないでくれ』って頼んで……。そりゃあ、惨《みじ》めだったでしょ。気持だけ焦っても、体が言うことを聞かない。諦めて起き上り、ズボンを引張《ひっぱ》り上げている姿は、笑っちゃうくらい、ただのエッチなおっさんでした」

と、あやめは言った。「でも、当り前じゃないですか？　どんな天才だって人間なんですから。違いますか？　恥じる方がおかしいです」

「そういうことだったんですか」

と、爽香は微笑んで、「安心して下さい。このあやめちゃんは、決してその秘密を口外したりしませんよ」

「いや……私は自分に恥じているんだ」

と、堀口は言った。「あれは犯罪だった」

「じゃ、償《つぐな》って下さい」

と、あやめは言った。「元気になって、私、、、の絵を描いて」

「ただし、ヌードじゃなくてね」

と、爽香が言った。

堀口はしばらく黙っていたが、

「――分った」

と肯いて、「あやめ君だったな。君で我慢しよう」

「失礼な！」

と、あやめがむくれて、「私の方がチーフより若いんですよ！」

「さあ、お手を。――ステッキ、持ちましょうか？」

と、爽香は言った……。


いやな雨だ。

明男はハンドルを握り直した
一日、ずっと曇《くも》っていたが、何とか降らずにすんだ。荷物の出し入れには助かったのだが、帰り道、降り出したのだった。

予定より一時間近く遅れていた。

途中途中で、五分、十分と余計に時間を取られ、合計して一時間。

こんな時間でも、配達を頼んで来る客がいる。営業所に戻って、「また出てくれ」と言われるのが一番こたえる。

仕事のケータイが鳴った。

明男はトラックを道の端へ寄せて停めると、ケータイを手に取った。

「もしもし」

「杉原さん、今、秋山《あきやま》さんからお電話あって……」

「秋山さん？　明日にしてくれって……」

「そう言われたんだけど、今お電話があってね、明日の午前中、用事があったのを忘れてたんですって。今夜中に取りに来てほしいって……」

さすがに明男もすぐには返事ができなかった。

「もしもし？　聞こえる？」

「聞こえてるよ」

と、明男は言って、「もう大分来ちゃったけど……。しょうがない。いまから伺いますって連絡しといて」

「うん。ご苦労さま」

——全く、ご苦労さまだ。

爽香へ電話しようかと思ったが、少しでも早く客の家へ回って、帰りたい。

明男はトラックをどこでUターンさせるか迷った。本当なら、この先しばらく行った交差点で戻るのがいいのだろうが、そうするとかなり時間がかかる。

この道は狭いが、Uターンできないほどでもない。何度かハンドルを切り返さなくてはならないが、大した手間でもあるまい。

それに、他の車がほとんど通らないから、大丈夫だろう。

明男は思い切りハンドルを切って、トラックを動かした。——一旦バックして、もう一度。

よし、これなら後一回で回り切れる。

明男がもう一度トラックをバックさせて、ハンドルを一杯に切った。

そのとき、近付いて来る車のライトが見えた。雨の中、大きさがよく分らないが、真直《まっす》ぐ明男のトラックへと向って来る。

「おい、停れよ」

と、明男は呟いた。

トラックはまだUターンし切っていないので、車体が斜めに道をふさいでいる。しかし、その車はスピードを落す気配もなく、雨をついてやって来た。

「畜生《ちくしょう》！」

ハンドルを切れるだけ切ってアクセルを踏む。運転席がぎりぎり住宅から伸びた木の枝をかすめる。枝がブルブルと震えて、雨滴《うてき》をはね飛ばすのが見えた。

「スピードを落とせ！」
と、明男は怒鳴った。
だが——それは明男のトラックより一回り大きなトラックだった。
明男は、ライトが真直ぐに向って来るのを見た。間に合わない！
明男は頭を下げた。
次の瞬間、そのトラックは明男のトラックに激突した。
窓ガラスが粉々に砕けて降り注いだ。胸に鋭い痛みが来た。
明男は叫び声を上げた。
右足が挟《はさ》まれていたのだ。
明男はドアに手を伸した。幸いドアは開いた。しかし、足を挟まれて、出られない。
苦痛に明男は呻いた。
「爽香！」
と、ひと声叫んで、明男は意識を失った。

杉原《すぎはら》爽香《さやか》、二十四年の軌跡

山前《やままえ》　譲《ゆずる》
（推理小説研究家）

「寝坊しました」と、あわてて教室に飛び込んできたのは、中学三年生、十五歳の杉原爽香である。新任教師の安西布子《あんざいきぬこ》との出会いは、爽《さわ》やかな秋晴れの一日だった。その爽香の友だちで、家族関係に悩んでいた松井久代《まついひさよ》が、「学校へ行ってもつまんない」と、若草色のポシェットとともに消息を絶ってしまう。

三日後、爽香のところに、久代から電話があった。学校で会いたいな——すぐ駆けつけたが、教室で見つけたのは、久代の無残な死体だった。親友の浜田今日子《はまだきょうこ》や、転校生の丹羽明男《にわあきお》とともに、その死の真相を追う爽香は、形見となった若草色のポシェットを手にして訪れた原宿《はらじゅく》で、久代が関わっていた危ない仕事を突き止める。だが、殺人犯はそこにはいなかった。爽香は、久代の重い決断を胸に、真犯人を追及する。［若草色のポシェット］

中学校を卒業した爽香は、S学園高校に進学した。親友の今日子も、そしてボーイフレンドの明男も一緒で、三人ともブラスバンド部に入った。夏、高原での合宿である。川で足を滑らせてみんなを心配させてしまった爽香は、フルートの練習よりも、合宿地に起こった事件のほうが気になるのだった［群青色《ぐんじょういろ》のカンバス］。

クリスマスも間近のその日、久代の事件を捜査した河村太郎《かわむらたろう》刑事と安西先生は、久々のデートである。そしていよいよ、河村がプロポーズというとき、ずぶ濡《ぬ》れの若い女が助けを求めてきた。亜麻色《あまいろ》のジャケットを手にして……。着替えを持ってきてと頼まれたのは、兄・充夫《みつお》の一歳になる長女・綾香《あやか》と遊んでいた爽香である。

その女、ミユキは、幼なじみの健二《けんじ》や殺し屋の竜野《たつの》から、命を狙われていた。竜野は浜田今日子を人質にして、ミユキを殺すのを手伝えと爽香を脅《おど》す。ミユキは、警察によって、Nホテルの一室に匿《かくま》われていた。竜野と待ち合わせて、そのホテルへ向かう爽香だったが、健二も、ボスの山倉《やまくら》から、ミユキを消せと拳銃を手渡されて、ホテルに向かっていた。

ホテルでの銃撃戦で、竜野は死に、健二と傷ついたミユキは手に手を取って逃げていく。そして、健二は決着をつけようと、山倉のもとへ……。［亜麻色のジャケット］

高校三年生の七月末、父・成也《しげや》が脳溢血《のういっけつ》で倒れてしまった。看病に疲れを見せる母の真江《まさえ》が気になり、爽香も落ちついて受験勉強できないが、今日子が、マリファナをやっているという噂《うわさ》の大学生と付き合っていると聞いては、じっとしていられない。その大学生がやっているパーティに顔を出した爽香は、またもや殺人事件に遭遇し、命を狙われるのだった。爽香はある企業に渦巻《うずま》く欲望と策謀を暴《あば》いていく。［薄紫《うすむらさき》のウィークエンド］

経済的には大変だが、なんとか大学へ進学できた爽香である。丹羽明男も同じ大学だった。

浜田今日子は医学部へ進んだ。学資稼ぎのアルバイトは、中学二年生の志水多恵《しみずたえ》の家庭教師である。その志水家の複雑な家族関係を背景に、五月の連休中、軽井沢《かるいざわ》で事件が起こってしまう。もちろんその場に、爽香もいた。同じ頃、明男は、母の周子《かねこ》に、同じ大学に通う刈谷《かりや》祐子《ゆうこ》を紹介されていた。周子は爽香のことを嫌っていた……。［琥珀色《こはくいろ》のダイアリー］

前年の夏、河村刑事と結婚した布子先生が、女の子を出産、爽子《さわこ》と名付けられた。一方、刈谷祐子と付き合いだした明男と、爽香の関係は、やはりぎくしゃくしだした。さらに大学で恋愛関係のトラブルに巻き込まれていく。爽香が英文学を学ぶ筒井《つつい》助教授は、人妻と不倫関係にあったが、筒井の妻が、爽香を夫の浮気相手だと勘違いしたのである。

今日子からは、やっかいなことを頼まれる。しつこく付きまとう後輩の香川《かがわ》に、付き合えないと伝えてほしいというのだ。爽香が諭《さと》すと納得したかに見えたが、香川は諦《あきら》めてはいなかった。今日子との恋を邪魔する杉原爽香は、絶対に許せない！　爽香は忍び寄る殺意をなんとか躱《かわ》していくが、明男との交際にピリオドが打たれ、人間ドックでは心臓にちょっと問題が見付かってしまう。［緋色《ひいろ》のペンダント］

女性が被害者となった連続殺人事件を捜査している河村刑事が、十七歳の坂井由季《さかいゆき》を事件現場の近くで補導する。家出中の由季は、河村家の居候《いそうろう》となるが、じつは連続殺人犯に心当たりがあった。一人で犯人に近づいていく由季。あわやというところを救ってくれたのは、河村である。明男との別れで心揺れ動く爽香は、そんな由季の姿に支えられるのだった。

［象牙色《ぞうげいろ》のクローゼット］

大学最後の夏休み、古美術店でアルバイトを始めた爽香は、卒論の準備や、母に代わっての家事に忙しい。大学事務室の和田良江《わだよしえ》からの相談事にも、忠告するのが精一杯である。丹羽明男と中丸《なかまる》教授の妻である真理子《まりこ》との仲が、学内で噂になっていても、どうすることもできない。良江のトラブルは河村刑事の助けで解決できたが、明男と真理子との関係は、ただならぬものとなっていく。［瑠璃色《るりいろ》のステンドグラス］

大学を卒業した爽香は、そのまま古美術店で働き始めた。明男もどこかに就職したらしい……その明男から、真夜中に電話がかかってくる。爽香の家にやってきた明男は、とんでもないことを言い出した。ホテルのバスルームで、中丸真理子が血まみれで死んでいたと。

明男の恋人だった刈谷祐子は、〈G興産〉に入社し、社長の甥《おい》の田端将夫《たばたまさお》と付き合っている。中丸教授は、女子学生の木村《きむら》しのぶとともに、ニューヨークに滞在中だった。結局、頼るのは爽香なのだ。浜田今日子が提供してくれたマンションに、身を潜《ひそ》める明男である。

中丸教授夫妻を中心に張り巡らされた、さまざまな恋愛関係の糸が、殺人事件を複雑なものにしていた。錯綜《さくそう》する殺意が、新たな事件を招く。そして、「中丸先生の奥さんを殺したのは、私です」と言い残して自殺した、しのぶの父……。しかし、爽香には、真犯人は明らかだった。［暗黒のスタートライン］

爽香は河村刑事の紹介で、ケア付き高級マンションの〈Pハウス〉に勤めることになった。

そのマンションの入居者、往年の美人女優・栗崎英子《くりさきひでこ》の孫が、玄関先で誘拐されてしまう。実は、借金に苦しむ英子の子供たちが仕組んだものだった。一緒に誘拐されてしまった爽香は、共犯者として疑われ、しかも誘拐犯に始末されそうになる。もちろん、危機的状況もなんのその、爽香は事件をちゃんと解決するのだった。［小豆色《あずきいろ》のテーブル］

爽香が列車で向かっていたのは、〈Pハウス〉に出資している〈G興産〉の田端社長の別荘である。仕事の打ち合わせをするはずだったが、次期社長をめぐる田端家の騒動に巻き込まれていく。それに決着をつけたのはもちろん爽香である。新社長には、田端将夫が就任した。そして爽香は、罪を償《つぐな》った明男を迎えにいくのだった。［銀色のキーホルダー］

〈G興産〉の田端将夫社長は、刈谷祐子と結婚した。なのに、爽香への好意を隠そうとはしない。爽香の兄の充夫がかかえた一千万円の借金も、将夫から借りて返すことができたのである。そこに、将夫の結婚式のコンサルティングをした畠中澄江《はたなかすみえ》が十年前に関わった、未解決の強盗殺人事件に端を発する新たな事件が……。［藤色のカクテルドレス］

河村刑事の紹介で運送会社に勤め始めた明男と、ようやく結婚できたのは二十七歳の秋である。仲人は河村太郎・布子夫妻だった。新婚旅行は、紅葉で有名な〈猿ヶ峠《さるがとうげ》温泉〉にしたのだが、恋人の脳外科医の浮気を知った浜田今日子もなぜか一緒で、しかも諸般の事情で三人が同じ部屋に泊ることに⁉　その温泉を別のカップルも目指していた。心中を決意して出奔した四十六歳の柳原《やなぎはら》と二十四歳の涼子《りょうこ》である。手には爽香たちと同じ、うぐいす色の旅行鞄があった。
その柳原の失踪を利用した策略によって、新婚旅行中なのに、明男と爽香はのんびりとはできない。一方、東京では、七歳の女の子が殺された事件を捜査中の河村刑事が、血を吐いて意識を失ってしまう。胃の三分の二を摘出する大手術で一命は取り留めたが、事件現場に近い小学校の保健担当の早川志乃《はやかわしの》が、河村に思いを寄せ始める。［うぐいす色の旅行鞄］
実家近くのアパートで新婚生活を始めて一年、共働きの生活は順調だった。爽香の働く〈Pハウス〉の栗崎英子は、映画界に復帰してまた人気を得るが、何かと爽香を頼りにする。その英子のかつての恋人で、バリトン歌手の喜美原治《きみはらおさむ》の遺産を巡るトラブルも、当然のように相談される。トラブルはまだまだあった。兄の充夫は畑山《はたやま》ゆき子《こ》との浮気が妻の則子《のりこ》にばれ、河村刑事は早川志乃と深い仲となり、布子先生は不登校の生徒に心悩ませていた。そして、明男には二十歳の大学生・三宅舞《みやけまい》が……。［利休鼠《りきゅうねずみ》のララバイ］
二十九歳になった爽香は、〈G興産〉で新たに計画された「一般向け高齢者用住宅」の、準備スタッフとなる。その新計画を高く評価していた大臣の動向を、河村は探っていた。病気で事務職に回された河村は、偶然、ホステスの荻原栄《おぎわらさかえ》が殺された事件に出くわし、こっそり「捜査」していたのである。その河村と志乃の間には女の子が生まれ、兄の充夫と付き合っていた畑山ゆき子も妊娠する。爽香の周囲には生と死が渦巻いていた。［濡羽色《ぬればいろ》のマスク］

〈G興産〉に移った爽香は、〈レインボー・プロジェクト〉の中心スタッフに抜擢《ばってき》される。リーズナブルな老人ホームを建築・運営するプロジェクトである。建設予定地をめぐっての諸問題を、秘書見習いの麻生賢一《あそうけんいち》とともに、ひとつひとつ誠実に解決していく爽香だった。一方、アメリカ留学から帰ってきた三宅舞が、ストーカーに狙われる。ついにそのストーカーは散弾銃を手に舞の大学を襲撃する。捜査の現場に復帰した河村、明男、そして爽香らによって危機を脱した舞は、イギリスへと旅立つ。［茜色《あかねいろ》のプロムナード］

　河村刑事が、かつて逮捕した男に恨《うら》まれ、早川志乃との間にできた娘のあかねをさらわれてしまった。爽香が助け出すが、目の前に誘拐犯が！　爽香を救ったのは謎の〈殺し屋〉、中川満《なかがわみつる》である。明るい話題もあった。河村太郎・布子夫妻の長女で十一歳の爽子が、ヴァイオリンの初舞台を踏み、大絶賛されたのである。その会場には、東京を離れることにした志乃の姿もあった。［虹色のヴァイオリン］

　三年前に殺された荻原栄の娘・里美《さとみ》は、爽香の紹介で〈G興産〉に勤務していたが、〈レインボー・プロジェクト〉の一員で、四十一歳、妻子ありの寺山雄太郎《てらやまゆうたろう》に恋してしまう。その寺山は、娘の同級生である女子高生の智恵子《ちえこ》に熱を上げ、「もの分かりのいいおじさん」を演じていた。付き合いには金が必要である。建築中の〈レインボー・ハウス〉の工事代金を着服する寺山だった。

　そのことを知った爽香は、なんとか穏便《おんびん》にすませようとするが、寺山の妻は明男の過去を持ち出して、夫を守ろうとする。これまで何があっても耐えてきたが、この時ばかりは明男にすがってしまう爽香だった。すべてが発覚したと知った寺山は逃走し、手榴弾《しゆりゆうだん》を手にして、〈レインボー・ハウス〉の〈特別見学会〉で爽香を狙う。その危機を救ったのは、またもや〈殺し屋〉の中川だった。［枯葉色《かれはいろ》のノートブック］

父の充夫はたびたび浮気でもめ、多額の借金を抱えている。母の則子も浮気に走った。頼りになるのは爽香叔母《おば》さんだけ……。重苦しい空気に耐えられなくなった爽香の姪《めい》の綾香は、妊娠中絶までしてしまった。その綾香が誘われた暴走族の集まりで、死者が出る。真相を追う爽香に、さらに、兄の使い込みや栗崎英子の脳梗塞《のうこうそく》と難題が降りかかるのだった。［真珠色のコーヒーカップ］

三十四歳の秋、〈レインボー・ハウス〉の運営もなんとか落ちつき、プロジェクトの解散も検討され始める。そんなとき、メンバーの一人である宮本《みやもと》が、自宅で殺された。死体を発見したのは爽香で、娘の怜《れい》や妻の正美《まさみ》は姿を消してしまう。どちらかが犯人？ とある学園の勢力争いも絡んで、事件は思わぬ方向へと向かっていく。［桜色のハーフコート］

思いがけず〈ケア付きホーム〉の見学でヨーロッパを訪れた爽香。明男も一緒だったから、第二のハネムーンというところだった。ところが、その旅先で知り合った女優と、劇団を主宰する演出家の、微妙な関係を背景にした殺人事件に、またもや関わってしまう。そして、兄の充夫を巻き込んでの、爽香追い出しの動きが社内に……。でも、いいことだってあるの

だ。明男の母・周子が再婚し、姪の綾香の結婚話が出て、そして待望の妊娠！［萌黄色《もえぎいろ》のハンカチーフ］

爽香・明男夫妻の第一子は、女の子だった。みんな祝福に駆けつけてきたので、病室は大《おお》賑《にぎ》わいである。珠実《たまみ》と名付けたその子をベビーシッターに預けて、爽香は仕事に復帰する。親友の浜田今日子からも妊娠の報告があったが、相手の外科医には妻子がいた。今日子はシングルマザーを決意する。

ただ、おめでたい話ばかりではなかった。兄の充夫が脳出血で倒れ、妻の則子は家を出て行ってしまう。〈Pハウス〉でも何かトラブルがあるらしい。そして、爽香のチームには、赤字のカルチャースクールを立て直すという、新しいプロジェクトが持ちかけられる。はたして黒字化できるのか。これまでの運営とスタッフの見直しに、手間がかかるのだった。さらに、ピンチヒッターで〈レインボー・ハウス〉の温泉旅行に添乗すると、折悪しく台風接近で、泊った温泉旅館に避難勧告が出る。危うく土砂崩れに巻き込まれるところだった。

好きこのんで危険な目にあっているわけではないが、〈殺し屋〉の中川も呆《あき》れるほどである。しかも、ゆっくり休んでいる暇《ひま》はない。仕事は待ってくれないのだ。そんな時、明男は、見合い結婚をするという三宅舞にすがりつかれて……。［柿色のベビーベッド］

元気の塊《かたまり》みたいな珠実を保育園に預け、爽香は、〈S文化マスタークラス〉と名称を変えた、カルチャースクールの立て直しに奮闘していた。「黒字化」の壁は、なお高く立ちはだかっているが、受講者は増えていた。また、TVのトーク番組の司会者として、中年女性に絶大な人気のある高須雄太郎《たかすゆうたろう》を、講師として招くのに成功する。パンフレットの表紙絵は、売れっ子のリン・山崎《やまざき》に描《か》いてもらった。もっとも彼は、爽香の小学校の同級生だったのだが。ただ、プロジェクトは変わっても、殺人事件との縁《えん》は切れない。病を得た兄の家族との縁も……。［コバルトブルーのパンフレット］

父・成也が突然倒れ、半月後に逝ってから一年以上経ったが、母の真江はまだ落ち込んでいた。兄の充夫の入院費や、兄の子供の綾香、涼《りょう》、瞳《ひとみ》の生活費の負担も、そろそろ限界がきていた。三人が実家の母と一緒に暮らしてくれれば、かなり助かるのだが……。そして、綾香にもちゃんとした就職先を見つけないといけない。

難しい問題に頭を悩ませていても、栗崎英子の八十歳を祝う会の相談を受けると、ついつい張り切ってしまう爽香である。会場は秘書がホテルKを押さえていた。ベテランのホテルマンの戸畑《とばた》が、常連客をしっかりつかんでいるいいホテルだったが、そこに乗り込んできたのが、再建を任されたという、まだせいぜい三十代半ばの村松《むらまつ》である。戸畑もリストラの対象となってしまうが、なぜか部下の女性が失踪《しっそう》する。どうやらその「再建」には、何か裏がありそうだった。

爽香のもうひとつの気がかりは、夫の明男に内緒で引き受けたヌードのモデルだった。描《えが》くのはリン・山崎である。パンフレットの絵を安く引き受けてくれたので、モデルの依頼を断わることができなかったのである。

そんな時、充夫の妻の則子が、憔悴《しょうすい》して帰ってくる。すぐに入院させたが、則子と一緒に住んでいた男が、爽香をつけ狙う。一方、逆恨みから若者に刺されてしまった明男。爽香が病院に駆けつけると、「遅い」となじるのは三宅舞、いや結婚した笹原《ささはら》舞だった。明男を愛する舞は、夫との離婚を決意し、一人暮らしを始めていた。

ホテルをめぐる陰謀と家族のトラブルの狭間《はざま》で悩む爽香だったが、祝う会で栗崎英子が、爽香が選んだ記念品のハンドバッグを手にして、「私の一番信頼する友人です」と言ってくれた。私は支えられている――壇上で珠実をしっかり抱く爽香だった。[菫色《すみれいろ》のハンドバッグ]

初出誌
「女性自身」（光文社）
二〇一一年　一〇月一八日号、一一月一五日号、一二月二〇日号
二〇一二年　一月三一日号、二月二一日号、三月二〇日号、四月一七日号、五月二二日号、六月一九日号、七月一七日号、九月四日号、九月一八日号

光文社文庫

文庫オリジナル／長編青春ミステリー

オレンジ色《いろ》のステッキ

著者　赤《あか》川《がわ》次《じ》郎《ろう》

2012年9月20日　初版1刷発行

発行者　駒井　稔
印刷　萩原印刷
製本　ナショナル製本

発行所　株式会社　光文社
〒112-8011　東京都文京区音羽1-16-6
電話（03）5395-8149　編集部
8113　書籍販売部
8125　業務部

落丁本・乱丁本は業務部にご連絡くだされば、お取替えいたします。
ISBN978-4-334-76458-6　Printed in Japan

組版　萩原印刷

お願い　光文社文庫をお読みになって、いかがでございましたか。「読後の感想」を編集部あてに、ぜひお送りください。

　このほか光文社文庫では、どんな本をお読みになりましたか。これから、どういう本をご希望ですか。

　どの本も、誤植がないようつとめていますが、もしお気づきの点がございましたら、お教えください。ご職業、ご年齢などもお書きそえいただければ幸いです。当社の規定により本来の目的以外に使用せず、大切に扱わせていただきます。

光文社文庫編集部